Hrsg. Sina Blackwood

WENN WINTERWUNDER
WAHR WERDEN

AF200414

Bibliografische Informationen der Deutschen Nationalbibliothek:
Die Deutsche Nationalbibliothek verzeichnet diese Publikation in der Deutschen Nationalbibliografie; detaillierte bibliografische Daten sind im Internet über http://dnb.d-nb.de abrufbar.

© 1. Auflage Oktober 2017
Herausgeberin Sina Blackwood

Coverbild: fotolia 126275787 - Night landscape with village in winter. Northern lights in the mountains. Watercolor hand drawn illustration. © jula_lily

Umschlaggestaltung: Sina Blackwood
Layout: Sina Blackwood
Illustrationen   Sina Blackwood

Geschichtenzauber Edition

Herstellung und Verlag:
BoD – Books on Demand, Norderstedt
ISBN: 9783744881920

ဆ * ဆ * ဆ * ဆ * ca * ca * ca * ca

Wenn Winterwunder
wahr werden

ဆ * ဆ * ဆ * ဆ * ca * ca * ca * ca

Klirrende Kälte, glitzernde Schneekristalle und ellenlange Eiszapfen oder brauner Matsch, Schneeregen und ekelhafte Nässe, die in alle Ritzen zieht. All das kann Winter sein.

Genauso vielfältig ist die Palette an Wintergeschichten und Gedichten in diesem Büchlein.

Ob das Mystische, Geheimnisvolle, das nicht von dieser Welt ist oder die kleinen Wunder des täglichen Lebens – jedes lädt auf seine ganz spezielle Weise ein, die Fantasie spielen zu lassen.

Früher wie damals, Winterzeit ist Geschichtenzeit. Die einen erzählen sie beim gemütlichen Handarbeitstreff am Kamin mit heißem Tee und Glühwein, andere schreiben die Geschichten auf, um damit jene zu erfreuen, die einfach nur in der warmen Stube etwas Zeitvertreib suchen, wenn draußen dichte Flocken fallen und das Land in der Kälte erstarrt.

Man kann dieses Buch natürlich auch mit einer hübschen Schleife unter den Weihnachtsbaum packen und warten, bis jemand neugierig eine Seite aufschlägt, um die Geschichten heraus zu lassen.

Jana Heidler

Der Weihnachtswunsch

Es war die Nacht vor Heiligabend, und er musste arbeiten. Er liebte seinen Beruf als Bäcker, kam im Allgemeinen sogar gut mit den unvorteilhaften Arbeitszeiten zurecht. Aber so kurz vor Jahresende hatte er keine Lust mehr, jede Nacht alleine in seiner Bäckerei zu verbringen. Er sehnte sich dann immer nach den gemütlichen Stunden mit seiner Familie und seinem behaglich weichen Bett. Wenigstens war es in der Backstube wohlig warm, während sich draußen der Winter austobte. Und es roch stets nach frisch Gebackenem, was ihn allerdings nach all den Jahren völlig kalt ließ.

Wie gewöhnlich schloss er die Haustür auf, aber hinter sich nicht wieder zu. Er dachte, dass bei diesem Wetter sowieso keine lebende Seele draußen sei. Außerdem war er ja da und würde es hören, wenn jemand hereinkäme. Als Erstes schaltete er das Radio an und machte sich anschließend ans Werk. Die Arbeit ging von Anfang an gut voran. Jeder Kuchen gelang einwandfrei. Das Brot und die Brötchen wurden ungemein lecker. Er war eben ein Meister auf seinem Gebiet.

Allerdings ahnte er nicht, dass er seit seiner Ankunft aufmerksam beobachtet wurde: Ein Wintergeist fand Gefallen an dem, was in der Backstube geschah, schaute ihm voller Sehnsucht zu und schlich sich schließlich lautlos in die Bäckerei hinein.

Die Arbeitszeit des Bäckers strich rasch dahin. Bald war es Morgen. Ein zartes Rosa am grauen Horizont kündete vom anstehenden Sonnenaufgang. Da vernahm er das Knarzen der Tür und ein fröhliches „Guten Morgen". Er lächelte, wusste er doch, dass das Erscheinen seiner Kollegin für ihn den nahenden Feierabend bedeutete.

Aber plötzlich gellte ein markerschütternder Schrei durch das ganze Haus und ließ ihm den Schreck in die Glieder fahren. Sofort warf er seine Arbeit von sich und eilte dem Lärm nach, laut rufend: „Was ist los? Was ist passiert?"

Schließlich erreichte er seine Mitarbeiterin, die wie erstarrt im Flur stand und in einen kleinen Abstellraum starrte. Sie hatte aufgehört, zu schreien. Ihr Gesicht sah dafür aber kalkweiß aus. Ihre Augen waren aufgerissen, und auch ihr Mund stand offen, als hätte sie ein Gespenst gesehen. Rasch lief er auf sie zu, befürchtete, sie könnte jeden Moment in Ohnmacht fallen. Dabei sprach er mit ihr, erhielt jedoch keinerlei Reaktion, sodass er sich nur selbst überzeugen konnte, was sie derart aus der Fassung brachte.

Als er bei ihr angelangt war, schaute er ebenfalls in den Raum und konnte kaum glauben, was er dort erblickte: In der hintersten Ecke saß jemand, vor Angst zusammengekauert. Zuerst konnte er nicht einmal erkennen, ob es ein Mensch oder ein großes Tier war, aber schnell schälten sich die Umrisse eines sehr schmutzig weißen Mannes heraus. Seine Kleidung war zerschlissen und hing teilweise in Fetzen von ihm herab. Vom Gesicht waren nur die Augen auszumachen, die furchtsam auf den Bäcker gerichtet waren. Der Rest war von verwilderten, frostdurchsetzten Haaren überwuchert. Um den Mann herum lagen ein paar alte Decken, die ebenfalls reifüberzogen schienen. Offenbar war er auf der Suche nach einem Platz zum Aufwärmen und Schlafen in die Bäckerei geraten und hatte sich gedacht, er würde in der Kammer keinem auffallen. Alles in allem sah er sehr erfroren aus, und es glich einem Wunder, dass er überhaupt noch lebte.

Der Bäcker überlegte kurz, was er tun sollte. Mit einem solchen Fund hatte er nicht gerechnet. Zunächst wollte er ihn hinauswerfen. Andererseits tat er ihm leid, denn der Obdachlose wirkte hilflos und krank. Außerdem herrschten draußen Minusgrade. Da konnte er ihn nicht des Hauses verweisen.

Also sprach er ihn in sanften Tonfall an: „Wer bist du? Wieso hast du dich hier hineingeschlichen?" Die Antwort auf die zweite Frage war zwar offensichtlich, er wollte dennoch die Erklärung des Fremden erfahren.

„Ich ... ich ... bin ... Eddi", stotterte dieser ängstlich: „Ich ... ich ... war ... so einsam ... da draußen ... und ... und ... hier ... drinnen ... war ... war ... es ... so ... so ... warm ... und ... und ... gemütlich. Und ... und ... ich ... dachte, es ... es ...

würde ... niemand ... bemerken, wenn ... ich ... eine ... kurze ... Weile ... hier ... im ... im ... Paradies ... bleiben ... würde."

Allmählich legte sich der Schrecken bei allen Beteiligten und machte Platz für ein weihnachtliches Gefühl voller Anteilnahme. Auf diese Weise hatten sie ihren Arbeitsplatz noch nie gesehen. Die beiden Arbeitskollegen gaben dem offenkundig hungrigen Obdachlosen Brot, welches er mit viel Genuss verzehrte. Nach einem intensiven, heißen Bad und einer Rasur stellte er sich als durchaus ansehnlicher, junger Mann heraus. Der eisige Charakter verschwand zusehends und machte mehr und mehr inniger Herzenswärme platz. Er liebte seine neue Existenz und wollte diese nicht mehr missen.

Dann kümmerten sie sich um eine längere Bleibe. In dem Haus war tatsächlich noch eine kleine Wohnung frei. Die Miete konnte Eddi mit dem Gehalt begleichen, welches er als helfende Hand in der Bäckerei verdiente. Auf diese Weise war nicht nur sein Weihnachten gerettet.

Im Laufe der Zeit erlernte er das Bäckerhandwerk und wurde zum Besten seines Faches in der ganzen Stadt. Die Menschen liebten seine Backwaren, denn sie hatten einen ganz besonderen Geschmack. Es war fast, als würde die Magie des Winters darin stecken. Doch kein Mensch ahnte, welche Zauberei tatsächlich in ihm schlummerte.

Sina Blackwood

Das
Weihnachtswunder

Wir schreiben das Jahr 1418. Auf dem Feld vor der kleinen Kapelle liegt Schnee. Gern möchte ich ihn mit beiden Händen fassen, in die Luft werfen, jauchzen und dazu tanzen, wie es die jungen Leute im Dorf tun.

Doch ich kann es nicht. Ein Fluch hält mich gefangen. Also ziehe ich mich wieder ins Gebälk des kleinen Heiligtums zurück und warte auf Erlösung. Seit 200 langen Jahren.

Nein, ich habe nicht gesündigt. Man tat es mir an, weil ich menschlich war. Menschlich inmitten der Gräueltaten der Schlacht. Wäre ich ein Sünder, dann böte mir auch diese Kapelle keinen Schutz. Sie triebe mich mit der Kraft des geweihten Kreuzes davon.

Ruhe werde ich erst finden, wenn mich ein Mensch sieht, hört und noch dazu bereit ist, mir zu helfen. Aber das wird wohl nie geschehen. Ich bin körperlos und meine Stimme klingt für eure Ohren wie das Flüstern des Windes.

Hierher kommt man auch nur, um rasch ein kurzes Dankgebet zu sprechen, oder um Schutz für den Weg zu bitten. Niemand nimmt sich die Zeit, mein Refugium wirklich in Augenschein zu nehmen und somit vielleicht auch mich, den weißlichen Schemen auf dem Dachbalken, zu entdecken.

An den großen Feiertagen kann ich die Glocke der nahen Dorfkirche hören. Was gäbe ich, könnte ich nur noch ein einziges Mal zu Weihnachten den Orgelklängen und Sängerknaben lauschen!

Ach, ihr wollt wissen, wie es zu dem Fluch kam und wer ihn ausgesprochen hat? Dann vertraue ich meine Geschichte dem Wind an, ihr müsst ihm nur lauschen, um sie hören zu können.

Es war im Spätsommer 1217, als wir dem Aufruf Papst Honorius III. zum Kreuzzug nach Akkon folgten. Fast nur Fußvolk und kaum waffengewandt. Die meisten Ritter standen bereits seit 1209 im Albigenserkreuzzug im Felde. Auf sie konnten wir nicht zählen.

Ich war gerade den Kinderschuhen entwachsen und wollte Abenteuer erleben. Solche, wie man von unserem Burgherrn erzählte, der mit einigen Reichtümern aus der letzten Schlacht gekommen war. Wir schlossen uns Thomas Oliver aus Köln an und überwinterten in Portugal. Alles roch nach Abenteuern in fernen Ländern.

Was werde man nicht alles erzählen können, wenn man wieder zu Hause sei. Dass man irgendwo als Leiche enden konnte, kam uns dabei nicht in den Sinn.

Im April 1218 erreichten wir unter Johann von Brienne die ägyptische Hafenstadt Damiette. Die Belagerung war hart. Es gab unzählige Tote auf beiden Seiten. Trotz der Uneinigkeit unser eigenen Anführer, die sich erbittert stritten, wem die eroberte Stadt gehören solle, nahmen wir sie ein.

Die hiesigen Männer waren meist im Kampf gefallen und wer nicht mehr fliehen konnte oder an Krankheiten litt, wurde getötet oder versklavt. Ich verfolgte eine Gruppe Flüchtlinge, um sie zurückzubringen, weil wir Arbeitssklaven brauchten. Einer blieb immer weiter zurück und ich riss ihn an der Schulter zu Boden, bereit, ihm mit meinem Dolch, die Kehle durchzuschneiden, sollte er sich wehren.

Rabenschwarze Augen schauten mich in Todesangst an und auf den zweiten Blick bemerkte ich, dass es eine junge Frau war, die ein Neugeborenes schützend an sich drückte. Ich zog sie auf die Füße und brachte sie auf einen sicheren Weg außerhalb der Stadt …

Es war nicht unbemerkt geblieben, wie ich erst nach meiner Rückkehr aus dem Heiligen Krieg erfuhr. Mich verfluchte gerade einer jener Männer, die lauthals christliche Nächstenliebe predigten, und dass man seinem Feind verzeihen solle. Es war der Seelsorger unserer kleinen Gemeinde. Ein ehrloser, missgünstiger Mensch, der mehr in sein eigenes Säckel, als das der Kirche, steckte.

Dabei war es nicht mein Tun an sich, sondern seine Gier nach dem Ring, den sie mir zum Dank zugesteckt hatte. Seinetwegen wurde er sogar zum Mörder. Er lauerte mir ein paar Tage vor Weihnachten auf, als ich gerade vom Holzholen aus dem Wald kam.

„Dafür, dass du das Weib hast laufen lassen, sollst du im Höllenfeuer schmoren", zischte er gehässig, als er mir das Messer in den Rücken stieß.

Er riss den Ring von meinem Hals, den ich stets an einer Kette getragen hatte und niemals ablegte, verscharrte meinen toten Leib gleich hier am Feldrand und rollte Felsbrocken darauf. Meiner Liebsten erzählte er, ich habe sie ohne Gruß verlassen, um wieder ins Gelobte Land zu ziehen.

Am Anfang hat sie um mich getrauert, doch noch schneller aus ihren Gedanken gelöscht.

Wäre ich wirklich ein schlechter Mensch gewesen, hätte mich wohl sein Fluch mit aller Kraft getroffen. So konnte nur meine Seele nicht ins Licht fliegen und wandert seitdem ruhelos zwischen der Stelle, wo er mich verscharrte, und der kleinen Kapelle umher.

Wenn der erste Schnee fällt, glaube ich noch heute, seine Klinge im Rücken zu spüren, obwohl ich keinen Körper habe.

Doch still! Da kommt jemand. Es ist der jetzige Pfarrer. Ein frommer Mann. Aus ganz anderen Holz geschnitzt, als sein Vorfahr, der wohl irgendwann an seiner Gier erstickt ist, als eines natürlichen Todes zu sterben.

Pfarrer Wenzel klopfte den Schnee von seinen Stiefeln, ehe er die kleine Kapelle betrat. Er bekreuzigte sich und zog ein Tuch hervor.

„Morgen ist Heiligabend, da soll es auch hier strahlen", flüsterte er und putzte das geschnitzte Holzkreuz auf Hochglanz. „So, alles sauber und rein, wie es dem Herrn gefällt." Seufzend schaute er sich um. „Dabei ist mir, als ob ich etwas vergessen habe." Sein Blick streifte die Stelle, an der sich der einsame Geist fest an den Balken schmiegte.

Er stutzte und schaute genauer hin. Kopfschüttelnd näherte er sich, um sich endgültig zu vergewissern, denn der seltsame helle Nebelschein hatte sich bewegt.

Etwas berührte ihn tief im Inneren. Er glaubte, ein Flüstern zu hören. Dann kam es wie von selbst über seine Lippen: „Hast du Zuflucht vor Eis und Schnee gesucht? Oder ist es anderes, was dich hier hinein gelockt hat?"

Der weiße Schemen schwebte herab und Pfarrer Wenzel konnte einen jungen Mann erkennen, der ihn mit großen Augen musterte.

„Ich bin Wenzel", stellte er sich ihm vor, als sei es das Normalste auf der Welt, mit einem Geist zu sprechen. Er hoffte nicht auf Antwort. Konnten Geister überhaupt sprechen? Gefährlich sah er nicht aus. Eher verzweifelt, verloren. Eine verlorene, ruhelose Seele?

„Ich bin Vincent", wisperte es in diesem Augenblick.

„Was tust du hier?"

„Warten, hoffen, bangen – seit unendlich langen 200 Jahren."

„Wer bist du, dass du dich sogar in einer geweihten Kapelle verstecken kannst?", fragte der Pfarrer erstaunt.

Vincent berichtete über sein Leben. Auch darüber, dass ihn Wenzels Vorfahr vom Leben zum Tode befördert und wie ein Stück Aas vergraben habe.

„Dann weiß ich, was ich tun muss!", rief der Pfarrer. „Wärest du bereit, mir zu vertrauen?"

„Ja", entgegnete Vincent. „Ich habe dich oft hier gesehen und auch, wie du den Feldarbeitern stets mit Rat und Tat geholfen hast, wenn sie am Verzweifeln waren. Tu, was du für das Beste hältst."

„Ich werde jetzt ins Dorf gehen, ein paar Männer holen, deine sterblichen Überreste bergen und christlich begraben lassen. Dann komme ich hierher und bringe dich in meine Kirche. Morgen ist Heiligabend, an dem das ganze Dorf versammelt sein wird. So es der Herr will, dann wird er mich zur rechten Zeit das Richtige tun lassen."

„Ich bin bereit", flüsterte Vincent hoffnungsvoll.

Er schaute Pfarrer Wenzel noch lange nach, der sich sehr beeilte, ins Dorf zu kommen. Zwei Stunden später nahte ein Pferdewagen. Vincent schwebte aufgeregt an der Tür hin und her. Besonders, als der Geistliche zielsicher auf jene Stelle zu schritt, an der vielleicht noch ein paar Knochen zu finden waren.

Der Pfarrer schaute sich nach der Kapelle um und glaubte, ein Nicken gesehen zu haben. Also stemmte er sich gegen den ersten Stein. Die anderen halfen sofort mit.

„Mein Gott! Da liegt ja wirklich ein Skelett!", wunderte sich einer.

„Bringt den Sarg her! Ich bette den armen Kerl allein hinein!" Pfarrer Wenzel hob vorsichtig den blanken Totenschädel hoch. Knochen für Knochen folgte. Zuletzt wischte er sich den Lehm von den Händen. „Wartet einen Moment. Ich möchte für die arme Seele beten."

Rasch betrat er die Kapelle, wo Vincent sehnsüchtig ausharrte. Pfarrer Wenzel blinzelte ihm zu, sprach ein kurzes Gebet und flüsterte: „Schnell, halte dich an meinem Kruzifix auf der Brust fest. Lass um Himmel willen nicht los, bevor wir in der Kirche sind."

Der erste Weg führte allerdings zum Friedhof, auf dem bereits ein Grab ausgehoben worden war. Vier Männer ließen den Sarg hinab, Wenzel sprach ein Gebet und ließ sofort, nachdem das Grab zugeschüttet worden war, ein schlichtes Holzkreuz aufstellen.

Er zahlte die Helfer aus und betrat durch eine Seitentür den Altarraum. „So, nun kannst du dir ein stilles Plätzchen suchen. Hoffentlich klappt morgen alles, damit du endlich deinen Frieden findest."

„Danke. Du hast getan, was in deiner Macht stand." Vincent huschte zu einer Bank, um stumm und andächtig die Schnitzereien zu betrachten. Damals, als er noch lebte, gab es diese nicht.

Wenzel hatte viel für dieses Gotteshaus getan.

Vincent kniete vor dem Altar nieder, faltete die Hände. „Herr, wenn du mich hören kannst, dann bitte ich dich, Wenzel ein langes glückliches Leben zu schenken."

Die kleine Sternschnuppe am Abendhimmel konnte er nicht sehen. Aber auch Wenzel sah sie nicht. Der flüsterte gerade: „Herr, erhöre meine Bitte, nimm die Seele dieses armen Menschen zu dir."

Am nächsten Morgen begann der Schnee, in großen dichten Flocken zu fallen. Aus den Kaminen stieg Rauch auf. Alles wirkte still und friedlich. Vincent schwebte am Fenster, um das Dorf zu betrachten, in dem sich so viel verändert hatte. Wo steckten nur die Menschen?

„Es ist Sonntag", hörte er Pfarrer Wenzels Stimme hinter sich.

„Oh! Für mich ist seit langer Zeit ein Tag wie der andere." Vincent verstand nun, weshalb niemand zu sehen war.

„In ein paar Stunden werden sie hierher kommen, Lieder singen und zu unserem Herrn beten", erzählte Wenzel. „Vielleicht gelingt es uns, dir zu helfen."

„Ja, das wäre schön", seufzte Vincent. „Wenn es anders kommt, bringst du mich ganz einfach wieder in die kleine Kapelle zurück."

„Dann darfst du gern hier bleiben, wenn du möchtest. Außer mir kann dich keiner sehen und hören. Wen solltest du stören?"

Mit dem Sonnenuntergang trafen die ersten Kirchgänger ein. Die begüterten Bauern trugen große Wachskerzen herbei, die Pfarrer Wenzel auf einer Steinplatte neben dem Altar entzündete. Das Licht spiegelte sich in neugierigen Kinderaugen.

Wenzel erzählte die Weihnachtsgeschichte so spannend, dass sogar die Ältesten andächtig lauschten. Vincent hockte in der Nähe der Kerzen und strahlte über das ganze Gesicht, als wolle er ihnen Konkurrenz machen.

„Lasst uns beten", sprach Wenzel schließlich. „Bitten wir den Herrn, uns unsere Sünden zu vergeben und verlorenen Seelen, die noch gerettet werden können, einen Weg in sein Himmelreich zu zeigen."

Alle falteten die Hände. Das Amen war noch nicht einmal verklungen, als ein kleiner Junge über die Kerzen zeigte und „Da! Da! Da fliegt der Heilige Geist!", rief.

Doch außer dem Kleinen konnte nur Wenzel die Ursache dieses freudigen Ausrufs sehen. Vincent stieg mit einem dankbaren Lächeln, als goldener Lichtschweif zum Himmel auf.

Matthias Albrecht

Das Geschenk der Eisfee

Zu Ururgroßvaters Zeiten gab es noch strenge Winter mit lang anhaltendem Frost und jeder Menge Schnee. Die Menschen waren es gewohnt und klagten nicht, wie wir es heutzutage gern mal tun, wenn wir vor der Fahrt zur Arbeitsstelle noch den Gehweg freifegen und abstumpfen müssen.

Das Leben der Landbevölkerung vor über hundert Jahren war ohnehin kein Zuckerschlecken. Die Arbeit war hart und dauerte nicht selten zwölf bis sechzehn Stunden täglich, denn auch nach Einbruch der Abenddämmerung gab es noch genug zu tun. Im Schein der Öllampen und Kerzen wurden Socken gestopft, Schuhe geflickt, Werkzeuge geschärft und andere Arbeiten verrichtet.

Für die Bewohner der Ortschaften Bräunersdorf und Wobbelsheim zu Beginn des zwanzigsten Jahrhunderts hatte der Frost auch sein Gutes. Die beiden Dörfer lagen sich gegenüber, waren jedoch durch ein großes Gewässer, den Wobbelsee, voneinander getrennt. Wer nun von einem Dorf zum anderen wollte, musste die unbefestigte Dorfstraße benutzen, die zudem nicht direkt am Ufer entlang führte, sondern sich durch dichten Nadelwald in großem Bogen um den See schlängelte. Zu Fuß benötigte man dafür mindestens drei Stunden. Wer ein Ruderboot sein Eigen nannte, sich ordentlich in die Riemen legte und das Tempo durchhielt, konnte das Nachbardorf in einer halben Stunde erreichen. Im Winter jedoch, wenn der See dick gefroren war, konnte jedermann mit oder ohne Schlitten problemlos zwischen den Dörfern pendeln, indem er einfach über das Eis lief.

Auch mein Ururgroßvater Gottlieb – damals bereits hochbetagt – nutzte gern diese Abkürzung, wenn er seine geflochtenen Körbe Samstags auf dem Wochenmarkt in Bräunersdorf feilbieten wollte. Er zog dann mit dem Handschlitten los und bewältigte die Strecke über den See in einer für ihn angemessenen Zeit; die zwei Verschnaufpausen eingerechnet, welche er einlegen musste. Hatte er Glück, verkaufte er drei oder mehr Körbe und brachte für den Erlös ein paar Kleinigkeiten mit nach Hause. Manchmal war sogar ein neues Umschlagtuch für Ururgroßmutter drin oder ein besonderes Stück Seife.

Auch am 17. Februar 1906 – so erinnerte sich Mutter der Erzählung ihrer Großmutter Hannelore – zog er wieder los. Der Himmel hing voll schwerer, dunkler Wolken. Es roch förmlich nach Schnee.

Üblicherweise begegneten sich gerade an den Samstagen viele Leute beim Überqueren des Eises, doch an diesem Tag schien Gottlieb als Einziger unterwegs zu sein. Andere Marktbesucher waren wohl bereits vor ihm aufgebrochen – die Spuren ihrer Schlitten zeugten davon – oder folgten ihm in großer Entfernung; er sah jedenfalls niemanden in seiner Nähe.

Als er fast die Hälfte des Weges hinter sich gebracht hatte, begann es zu schneien. Erst verhalten, dann stärker, und endlich wirbelten die Flocken so dicht um Gottlieb herum, dass er kaum fünf Meter weit sehen konnte. Die ohnehin nur schwer erkennbaren Spuren der Schlittenkufen seiner Vorgänger verschwanden unter einer zunächst noch recht dünnen Schneeschicht, die vom Wind hin und her geweht wurde.

Gottlieb bekam es mit der Angst. Der Himmel zeigte sich gleichmäßig dunkelgrau; ein Nachlassen des Schneegestöbers war wohl nicht so bald zu erwarten. Was sollte er tun? Ging er weiter, kam er garantiert vom Weg ab und landete irgendwo am Waldrand fernab vom Dorf. Schlimmstenfalls lief er stundenlang im Kreis, bis seine Kräfte versagten. Und einfach zurückgehen konnte er aus eben diesem Grund auch nicht.

So hockte er sich auf seinen Schlitten, warf eine Decke über Kopf und Schultern, setzte seine Pfeife in Brand und überlegte. Es wollte ihm indes nichts einfallen.

Minute um Minute verstrich, Gottlieb schlummerte ein. Als er wieder erwachte, war der Himmel nur noch leicht bewölkt, es schneite nicht mehr und auch der Wind hatte sich gelegt. Gottlieb schüttelte den Schnee von seiner Decke, erhob sich und blickte sich um. In einiger Entfernung sah er den Bräunersdorfer Kirchturm in den Himmel ragen. Er konnte das Zifferblatt der Uhr nicht gut erkennen, doch vermutete er, dass er eine ganze Weile hier gesessen haben musste.

Der Alte faltete die Hände und sprach ein stummes Dankesgebet. Dann stapfte er mit frischen Kräften frohgelaunt seinem Ziel entgegen. Dabei schüttelte er hin und wieder den Kopf und brummte etwas Unverständliches in seinen Bart. Wer nun jedoch meint, dies könne nur mit den Wetterunbilden zusammenhängen, über die Gottlieb sinnierte, irrt. Es war der Traum, der ihn beschäftigte. Der Traum von der Eisfee.

Sie hatte ihn mit in ihren Palast aus blitzendem Eis und reinem, weißem Schnee genommen und ihm ihre Schätze gezeigt: Skulpturen aus Schnee und Eis, wie sie selbst die hervorragendsten Künstler nicht fertigbringen. Alle funkelten in bläulichen und grünlichen Farben wie Diamanten im Sonnenlicht. Gottlieb hatte sich interessiert und beeindruckt gezeigt, dachte aber insgeheim: „Wem nutzt selbst das größte dieser Kunstwerke, wenn es der Mittagssonne ausgesetzt wird? Es ist vergänglich wie das Leben."

Die Eisfee lachte und meinte, dass er damit wohl richtig läge, andererseits auch nicht. Es handle sich bei diesen Skulpturen um Eis und Schnee, die niemals schmelzen können, solange ihre Besitzer lebten. Auch nicht im stärksten Feuer.

Noch verstörender als diese Behauptung empfand Gottlieb die Tatsache, dass die Eisfee offensichtlich Gedanken zu lesen vermochte. Bevor er sich jedoch weiter darüber wundern konnte, eröffnete ihm die Fee, weshalb sie ihm ihr Reich gezeigt hatte: „So schön und wundervoll dies hier auch alles ist, es fehlt mir doch noch etwas zu meinem Glück. Und da kannst du mir helfen."

„Ich", fragte Gottlieb erstaunt. „Was könnte ich schon für dich tun?"

„Du kannst mir einen Weidenkorb aus Eis flechten. Ich selbst vermag dies nicht."

„Wie soll das gehen?", fragte Gottlieb belustigt. „Eis ist doch nicht biegsam wie Weidenruten."

„Mein Eis ist es. Probier es aus."

Also setzte sich Gottlieb auf einen Hocker aus festem Schnee und siehe da – die Eisruten, die ihm die Fee vorlegte, waren geschmeidig! Sie ließen sich sogar leichter biegen und flechten als richtige Weidenruten. Schon nach kurzer Zeit war der Korb fertig. Die Eisfee betrachtete ihn begeistert.

„Ich danke dir für diese Arbeit", sagte sie. „Und nun verrate mir, womit ich dir eine Freude machen kann."

Gottlieb überlegte eine Weile, doch bevor ihm ein Gedanke kommen konnte, erwachte er auf seinem Schlitten.

„So ein Unsinn aber auch", brummte Gottlieb wiederholt vor sich hin, bis er das Dorf und dessen Marktplatz erreichte. Da war für Abwechslung gesorgt, und er vergaß Eisfee und Traum.

Erst spät am Abend kam er wieder heim. Er hatte vier große Körbe verkauft und für den Erlös Zucker, Salz, Gewürze, etwas Tabak und einen Schal für seine Frau Hilde erstanden. Der lange Ausflug hatte an seinen Kräften gezehrt. Er zog den Schlitten hinters Haus und ließ die restlichen zwei Körbe und die Decke darauf liegen. Am nächsten Morgen konnte er sie immer noch abladen.

Entgegen seiner Gewohnheit, die Erlebnisse des Marktbesuchs mit seiner Frau zu besprechen, legte sich Gottlieb gleich zu Bett. Er fühlte, dass er sich eine Erkältung eingefangen hatte. Da er trotz seines Alters eine kräftige Natur war, sollte diese in ein paar Tagen überstanden sein. Leider irrte er sich und blieb wochenlang ans Bett gefesselt. Der Arzt diagnostizierte eine beginnende Lungenentzündung, die nur mit viel Geduld und Pflege überstanden werden konnte. Seine Frau kümmerte sich aufopferungsvoll um ihren Gottlieb und tatsächlich – langsam erholte er sich. Doch erst im Frühjahr, als die warme Märzensonne die letzten Schneereste getaut hatte, war er wieder soweit gekräftigt, dass er ins Freie gehen und leichte Arbeiten ausführen konnte.

Anfang April war auch das Eis des Sees wieder vollständig zu Wasser geworden. Eine für dieses Frühjahr ungewöhnlich warme Hitzeperiode hatte dies bewirkt. Gottlieb fühlte sich so jung wie nie zuvor. Als er im Garten hinterm Haus die Beete für die Aussaat vorbereitet hatte und seine Werkzeuge wieder in den Schuppen tragen wollte, fiel sein Blick auf den Schlitten.

„Es ist nicht gut", dachte er bei sich, „dass er hier im Freien dem Regen und der prallen Sonne ausgesetzt ist. Das Holz wird sich verziehen und den Schlitten unbrauchbar machen." Also zog er ihn in den Schuppen, lud die Körbe ab und auch die Decke. Er wollte sie zusammenlegen, doch seine Arme sanken herab, und mit offenstehendem Mund starrte er auf das, was da unter der Decke gelegen hatte.

„Ja, was haben wir denn hier?", fragte er verwundert. Seine Hand tastete nach dem großen gläsernen Block, der da auf dem Schlitten lag. Als er ihn aber berührte, zog er sofort seine Hand zurück. Das war kein Glas. Es fühlte sich eher an wie – Eis. Erstaunt betrachtete er seine Handfläche, auf der winzige Tröpfchen funkelten. In diesem Augenblick erinnerte er sich seines Traums von der Eisfee, den sein Unterbewusstsein bis dahin tief und unberührbar in seinem Gedächtnis bewahrt hatte wie einen Goldbarren in einem Bankschließfach.

Gottlieb rieselte es kalt den Rücken herunter. Wie konnte ein Block aus Eis den warmen März und heißen April unbeschadet überstehen? Und vor allem: Wie konnte ein Traum Wirklichkeit werden? Nein – das war völlig unmöglich! Der fromme Alte schlug ein Kreuz, schüttelte sich und rührte den Block nicht mehr an.

Als jedoch der Sommer kam und mit ihm tagelang große Hitze, lag der Eisquader noch immer in voller Größe auf dem Schlitten, als wäre er gerade erst aufgelegt worden.

Allmählich begann Gottlieb zu begreifen: Traum hin oder her – dieser Block der Eisfee war Realität! Er ließ sich nicht einfach ignorieren. Wegwischen. Ausradieren. Er war da. Vorhanden. Er war Realität! Punktum …

Gottlieb war ein pragmatischer Typ. Er sagte er sich: „Wenn der Eisblock wirklich nicht schmilzt – das wäre doch was für unseren Eisschrank. Nie wieder Eis kaufen und nach Hause schleppen; nie wieder die Wasserschale ausleeren müssen. Nie wieder …"

Gottlieb lächelte ob solcher Überlegungen. Doch er gewöhnte sich allmählich an seinen Eisblock und die Tatsache, dass dieser nicht schmolz. Und eines Tages dachte er überhaupt nicht mehr darüber nach.

Erst als er Jahre später starb, fand der Zauber der Eisfee sein Ende. Er schmolz, wie Gottliebs Leben dahin geschmolzen war.

„Ein schönes Märchen", sagte ich, als mir Mutter diese Geschichte erzählt hatte.

„Wer weiß", lächelte sie. „Vielleicht hat sie sich der Gottlieb nur ausgedacht, vielleicht auch nicht. Bezeugen kann das Wunder jedenfalls niemand mehr. Und dennoch könnte es sich so zugetragen haben."

„Ja", sagte ich und nickte gedankenverloren. „Wer will auch das Gegenteil beweisen?!"

Jacqueline Zöllner

Die alte Dame

Es war ein kleines Wunder, als Charlotte im Winter vor fünf Jahren viel zu früh auf die Welt kam. Ich erinnerte mich noch, dass es wegen eines heftigen Schneesturms ein Verkehrschaos gegeben hatte und ich fast zu spät ins Krankenhaus gekommen wäre. Erst war es nicht sicher, ob unser Frühchen überleben würde, aber Charlotte war eine Kämpferin und so wuchs sie gesund und munter heran. Sie wurde größer und aktiver, sodass meine Frau Mary und ich beschlossen, uns ein Haus mit großem Garten zu suchen. Ich engagierte im Frühjahr einen Makler, der uns verschiedene Grundstücke zeigte, doch keines überzeugte uns wirklich.

„Ich habe heute noch ein letztes interessantes Angebot für Sie", sagte der Makler nun, als wir uns gegen zehn Uhr bei unserer Wohnung trafen. Mary hatte Charlotte in den Kindergarten gebracht und sich den Rest des Tages freigenommen, sodass sie bei der Besichtigung dabei sein konnte.

„Es gibt allerdings einen kleinen Haken…", fügte er ein wenig verlegen hinzu.

„Ja?", fragte ich.

„Kommen Sie, lassen Sie uns hinfahren, dann sehen Sie es selbst."

Also setzten wir uns ins Auto und fuhren zu einem Grundstück, das etwas außerhalb der Stadt lag.

Es reichte ein Blick und schon hatte ich mich in das kleine, malerische Haus und den großen

Garten verliebt. Das Wohngebäude war aus grauen Steinen gebaut, an denen märchenhaft einige Efeupflanzen nach oben kletterten. Außerdem hatte es eine überdachte Veranda im Eingangsbereich, der von zwei Säulen flankiert wurde. Ein Steinweg führte vom Gartentor, an dem wir standen, zum Haus. Rechts und links davon gab es wunderschöne Blumenbeete und eine große Wiese mit einem Baum, der mich auf die Idee brachte, Charlotte ein Baumhaus zu bauen.

„Es ist wundervoll", sagte meine Frau in dem Moment.

„Das ist es", bestätigte ich. „Können wir es von innen sehen?"

„Nun", druckste der Makler herum, „da ist der Haken. Hier wohnt noch eine alte Dame, die darauf besteht, bis zu ihrem Tod hier zu leben. Sie ist etwas … sagen wir … eigen." Er drückte auf die Klingel am Gartentor, während Mary mich skeptisch anblickte.

Es dauerte einige Zeit, bis die Tür langsam mit einem Knarren geöffnet wurde. Heraus trat eine kleine, leicht gebückte Gestalt. Die Frau trug ein dunkles Kleid und hatte ihr weißes Haar zurückgebunden. Argwöhnisch und mit einem seltsamen Funkeln in den Augen starrte sie uns an. Aus dieser Entfernung ließ sich schwer schätzen, wie alt diese Frau tatsächlich war, aber sie musste schon sehr viele Jahre auf dieser Erde wandeln.

„Hallo, Mrs. Hawkins", rief der Makler und winkte freundlich. „Ich hatte Ihnen eine Nachricht in den Briefkasten geworfen, dass wir Sie heute besuchen."

Einen Augenblick lang sah sie uns unverwandt an, dann verschwand sie wieder im Haus, ließ aber die Tür offen stehen.

„Ich verstehe das mal als Einladung", murmelte unser Makler, öffnete das Gartentor und bat uns herein.

Aus der Nähe betrachtet, wirkte das Häuschen noch idyllischer. Meiner Frau und mir gefiel, was wir sahen.

„Folgen Sie mir bitte", sagte der Makler und führte uns ins Innere. Er zeigte uns alle Räume und erklärte, was noch gemacht werden musste bezüglich Elektrik und so weiter. Jedoch vermied er es tunlichst, auch nur in die Nähe der Treppe zum Obergeschoss zu kommen.

„Ich würde Mrs. Hawkins gern kennenlernen", sagte Mary unvermittelt.

Der Makler sah sie überrascht an und wurde ein wenig verlegen.

„Äh… wissen Sie, die Leute in der Stadt sprechen nicht gut von ihr. Sie sagen, sie wäre eine Hexe und würde die Menschen verfluchen. Es sollen auch schon komische Dinge passiert sein, wenn sie in der Nähe war…"

„Sie haben Angst vor ihr, weil sie sie nicht kennen. Vielleicht ist sie ja ganz nett", erwiderte meine Frau und wandte sich zur Treppe.

„Mary, ich glaube nicht …", begann ich, aber meine Frau war schon im Obergeschoss verschwunden.

Der Makler und ich sahen uns an, dann zuckte ich mit den Schultern, seufzte und folgte ihr. Oben angekommen, stand ich in einem dunklen Flur, von dem mehrere offenstehende Türen abgingen. Da ich weder meine Frau noch Mrs. Hawkins sah oder hörte, rief ich: „Hallo? Mary? Mrs. Hawkins?"

Vorsichtig, da es mir nun doch etwas unheimlich wurde, spähte ich in das erste Zimmer. Es war vollgestopft mit Büchern in einer mir unbekannten Sprache. Im nächsten Raum wurde ich fündig. Dort stand Mary inmitten von Blumen und Kräutern.

„Was ist das hier?", flüsterte sie mit großen Augen.

Plötzlich stand Mrs. Hawkins in der Tür.

„Interessieren Sie sich für meine Pflanzen, Mary?", fragte die alte Dame und kam mit einem gefährlichen Funkeln in den Augen auf uns zu. Woher kannte sie den Namen meiner Frau?

„Äh, ja, ich habe zu Hause auch einen kleinen Garten", stammelte Mary, während sie nach meiner Hand griff.

Trotzdem sollten Sie nicht in fremde Räume gehen und herumschnüffeln", drohte Mrs. Hawkins mit einem Mal sehr bissig. Aus der Nähe betrachtet, sah sie aus, als wäre sie schon über hundert Jahre alt.

„Natürlich, das tut uns leid", erwiderte ich schnell und wandte mich an meine Frau: „Komm, lass uns gehen."

Wir beeilten uns, nach unten zu kommen, wo der Makler schon ungeduldig auf uns wartete. Gemeinsam gingen wir nach draußen und drehten uns erst am Gartentor noch einmal zu dem Haus um. Ich sah eine Gardine sich im oberen Stockwerk bewegen.

Es wäre das perfekte Heim für uns gewesen, dachte ich wehmütig, als meine Frau mich überraschte.

„Wir nehmen es", sagte sie.

„Was?", fragten der Makler und ich fast gleichzeitig und sahen Mary erstaunt an.

„Weißt du, Schatz", begann sie, „ich glaube Mrs. Hawkins ist einsam und braucht ein bisschen Gesellschaft. Außerdem ist das Haus traumhaft. So eine Chance bekommen wir nie wieder."

„Das ist nicht dein Ernst, oder?", fragte ich sie fassungslos, aber meine Frau ließ nicht mit sich diskutieren.

Und so kam es, dass wir ein kleines Vermögen für ein Haus ausgaben, das nur zur Hälfte uns gehörte und von einer alten *Schreckschraube* bewohnt wurde.

Bald darauf begannen die Umbauarbeiten, die Mrs. Hawkins kritisch beäugte. Manchmal sahen wir sie gar nicht, an anderen Tagen arbeitete sie im Garten, sodass sie alles im Blick hatte. Charlotte gefiel das Haus genauso sehr wie uns. Mary und ich hatten gedacht, dass sie Angst vor Mrs. Hawkins haben würde, doch dem war nicht so, ganz im Gegenteil. Während die alte Dame unsere Tochter die meiste Zeit ignorierte, wuselte Charlotte um sie herum und erzählte ihr, was sie im Kindergarten gemacht hatte oder was es zu essen gab.

Nach ein paar Monaten geschah dann das Wunder und Mrs. Hawkins begann langsam aufzutauen. Ja, sie freundete sich sogar ein wenig mit meiner Frau an und bat sie, ihr im Garten zu helfen. Einmal sah ich die beiden, wie sie mehrere Rosen pflanzten und später erzählte Mary mir, dass es Mrs. Hawkins Lieblingsblumen waren. Nur das Betreten ihrer Zimmer war uns strengstens verboten.

Als Charlotte sechs wurde, schenkte Mrs. Hawkins ihr eine Kette mit einem Sonnenstein. Ich meinte erst, dass dieses Geschenk viel zu wertvoll für eine Sechsjährige sei, doch die alte Dame bestand darauf und als ich sah, wie sehr sich unsere Tochter darüber freute, sagte ich nichts mehr. Charlotte trug die Kette jeden Tag.

Ende November passierte das Unvorstellbare. Ich kam mit unserer Tochter von einem Ausflug zurück, da eilte Mary uns weinend entgegen. Vor unserem Haus parkte ein Krankenwagen.

„Sie ist tot. Die Ärzte konnten nichts mehr für sie tun", schluchzte sie an meiner Schulter.

Ich war sprachlos. Verrückterweise hatte ich angenommen, dass Mrs. Hawkins nicht sterben würde. Sie gehörte doch so gut wie zum Inventar.

Einer der Ärzte kam, etwas in der Hand haltend, auf uns zu.

„Charlotte", meinte ich, „geh doch schon mal in dein Zimmer."

„Das hier lag auf ihrem Schreibtisch. Er ist an Sie adressiert", sagte der Mann, nachdem Charlotte ins Haus gerannt war, und gab mir einen Brief, auf dem mein Name stand. Verdutzt öffnete ich ihn – ich hatte geglaubt, sie hätte Mary und Charlotte immer lieber gehabt. Mrs. Hawkins schrieb, dass sie uns sehr dankbar war, dass sie mit uns leben durfte und dass sie im Garten bei den Rosen begraben werden wollte. Sie hatte einen Abschiedsbrief geschrieben? Sie würde doch wohl ihr Leben nicht selbst beendet haben? Ungläubig sahen Mary und ich uns an. Auch sie konnte nicht glauben, was da stand. Wir beschlossen, unserer Tochter nichts von unserem Verdacht zu erzählen, Mrs. Hawkins aber ihren letzten Wunsch zu erfüllen.

Zwei Tage später begruben wir sie neben ihrem Rosenbeet. Jetzt befand sich eine Leiche in unserem Garten. Und als hätte der Winter zugesehen, begann es, dicke weiße Flocken zu schneien, die das Grab mit einer dünnen Schneeschicht bedeckten.

Der Makler hatte damals behauptet, in Mrs. Hawkins' Nähe würden seltsame Dinge passieren. Zu ihren Lebzeiten war uns in dieser Hinsicht nichts aufgefallen, doch mich beschlich das Gefühl, dass das Ungewöhnliche mit ihrem Tod anfing.

Nach ihrem Begräbnis begannen Mary und ich, Mrs. Hawkins' Sachen aufzuräumen. Wir wollten mit ihren Pflanzen anfangen, doch wir mussten überrascht feststellen, dass alle Blumen und Kräuter eingegangen und vertrocknet waren. Als wäre mit dem Tod der alten Dame alles Leben auch aus ihren Pflanzen gewichen. Uns blieb nichts anderes übrig, als sie wegzuwerfen.

„Mami", rief Charlotte aufgeregt von unten, „Mami, Mami."

Alarmiert sah Mary mich an und erwiderte: „Was ist denn, mein Schatz?"

„Sie ist hier! Ich kann sie sehen!"

Mary stellte den Blumentopf weg und eilte nach unten. Ich folgte ihr etwas langsamer.

„Wer ist hier?", fragte sie unsere Tochter.

„Na Mrs. Hawkins", antwortete Charlotte freudig. „Sie ist nicht tot, sie steht direkt da drüben."

Sie zeigte auf eine Stelle neben unserem Esstisch. Mary sah mich hilfesuchend an, aber ich zuckte mit den Schultern. Da war niemand.

„Schatz", begann meine Frau und kniete sich vor Charlotte, „Mrs. Hawkins ist von uns gegangen. Sie ist nicht hier."

„Doch, sieh! Sie lächelt uns an."

Sah unsere Tochter jetzt etwa Geister?! Wir konnten es ihr nicht ausreden – fast täglich hörten wir Charlotte nun mit der imaginären alten Dame sprechen. Langsam machten wir uns Sorgen, sodass wir sogar schon überlegten, mit ihr zum Arzt zu gehen. Doch wir zögerten. Sie war schließlich ein Kind, das schon immer viel Fantasie gehabt hatte.

Eines Tages kam sie zu mir und erklärte, dass Mrs. Hawkins ihr Geschichten von Hexen und Geistern erzählte, die wirklich existieren würden. In mir schrillten die Alarmglocken. Wurde meine Tochter jetzt verrückt?

„Komm", sagte ich, einer Eingebung folgend, „lass uns zu Mrs. Hawkins gehen." Und damit meinte ich nicht ihren angeblichen Geist, sondern ihr Grab. Vielleicht konnte ich Charlotte so begreiflich machen, dass die alte Frau nicht mehr existierte.

Mary schloss sich uns an und so standen wir wenig später vor Mrs. Hawkins' Grab. Um uns herum war es still und dicke, weiße Flocken fielen vom Himmel.

„Ruhen Sie in Frieden", murmelte ich und strich über das selbstgefertigte Holzkreuz.

Mit einem Mal begann sich der Schnee, auf ihrem Grab zu bewegen. Träumte ich oder passierte das wirklich? Ein kleiner grüner Stängel kam aus dem Schnee hervor und wuchs vor unseren Augen in die Höhe. Innerhalb von Sekunden bildeten sich mehrere rote Blüten. Fassungslos starrte ich auf die Rose. Wie war das möglich?

„Wunderschön", lachte Charlotte begeistert und griff nach Marys und meiner Hand.

Meine Frau und ich schauten uns ungläubig an. Was geschah hier?

Plötzlich nahm ich eine Bewegung am anderen Ende des Grabes wahr. Ich traute meinen Augen nicht, doch tatsächlich, da stand sie! Mrs. Hawkins trug ihr dunkles Kleid und sah uns freundlich an. Mary schlug die Hand vors Gesicht.

„Ihr braucht keine Angst zu haben", sagte Charlotte, „sie möchte sich nur von uns verabschieden. Mrs. Hawkins wollte erst sichergehen, dass wir sie nicht vergessen würden, bevor sie weiterzieht."

Die alte Dame – oder ihr Geist – begann zu winken. Als der Wind auffrischte, wurde ihre Gestalt blasser, bis sie schließlich ganz verschwunden war.

„Ich werde Mrs. Hawkins vermissen", meinte Charlotte und sah uns beide traurig an.

Während ihr es offensichtlich gar nichts auszumachen schien, Geister zu sehen, standen Mary und ich immer noch unter Schock. Erst nach ein paar Minuten erlangte ich langsam meine Fassung wieder und brachte meine Familie nach drinnen. Wir verstanden zwar nicht, was da gerade passiert war, aber eines war sicher:

Diesen Winter würden wir bestimmt nicht so schnell vergessen. Und auch Mrs. Hawkins sollte uns auf ewig im Gedächtnis bleiben, denn die Rose, die auf so eigenartige Weise gewachsen war, verging nie.

Selbst heute, zehn Jahre nach diesem Ereignis, blühte sie noch genauso rot wie damals.

Iris Fritzsche

Gespräch mit einem Fisch

Eigentlich wollte ich nach der Arbeit ja gleich in den Supermarkt, doch dann habe ich vorher noch schnell mal in meine Mails geguckt. Neugierig bin ich ja gar nicht, aber wissen möchte ich schon, wer mir was geschrieben hat. Und da war tatsächlich was Interessantes dabei, eine neue Ausschreibung für eine Anthologie! Beim Lesen des Themas habe ich schon in mich hinein gegrinst.

Also da wird doch das Dotter im Ei verrückt! Es geht jahreszeitlich in Richtung Sommer und da kommt so eine verrückte Autorin auf die Idee zu einer Anthologie zum Thema WINTER aufzurufen. Und alles nur, weil die kleine Forstbeule auch noch bei +25°C friert und im Pelzmantel herumläuft! Andererseits – wenn ich es recht betrachte – während sich drei der Jahreszeiten an ihren vorgegebenen Zeitrahmen halten, so drängelt sich der Winter hartnäckig überall mit hinein.

In seiner planmäßigen Zeitspanne, auch Jahreszeit Winter genannt, kann man das ja gerade noch so gelten lassen. Wobei ich sagen muss, auch da kann ich ihn nicht wirklich gut leiden. Ich bin nun mal ein Sommer- und kein Winterkind. Aber dass dieser Winter sich auch noch bei den anderen dreien dazwischen quetscht, nein, das geht gar nicht.

Wie er das macht?? Nun, er versteckt sich in Kühltruhen! Tarnt sich als leckere Köstlichkeit, auch Speiseeis genannt und versucht so, den

Leuten seine Zeit schmackhaft zu machen. Was soll ich sagen, die meisten fallen auch glatt darauf herein! Aber nicht mit mir!

Selbst als Kugel- oder Stieleis getarnt, hat er bei mir keine Chance – philosophierte ich so vor mich hin und merkte gar nicht, dass ich längst im Markt angekommen war. Noch ganz in Gedanken, lief ich mit meinem Einkaufszettel in der Hand durch den Markt. Unter anderem stand Fisch für Sonntag darauf. Bis zur Fischtruhe kam ich ja auch noch.

Und dann passierte mir etwas total Verrücktes! Dabei hatte ich doch nur eine Portion Tiefkühlfisch aus der Truhe holen wollen. *Ha! Auch dort hat sich der Winter also versteckt*, dachte ich und griff in die Truhe.

Gleichzeitig mit der Fischpackung sprang mir etwas Anderes, Kaltes ins Gesicht. Klar war ich erschrocken. Aber während Eisstückchen gewöhnlich schnell schmelzen und einen nassen Film auf der Haut hinterlassen, blieb dieses Etwas eisig. Und was noch schlimmer war, es hatte sich an den Stirnhaaren festgekrallt. Von dort hangelte es sich in Richtung Ohr.

Plötzlich hörte ich wie ein zittriges Stimmchen rief: „Brrring mich hhhier wwweg!"

Irritiert schaute ich mich um. Aber da stand niemand hinter mir. Seit wann hörte ich Stimmen? Moment mal! Da war doch dieses Eisstückchen, welches von der Stirn Richtung Ohr gewandert war. Ich hatte angenommen, es schmilzt und rutscht deshalb. Aber wenn es nun gar nicht geschmolzen, sondern aktiv Richtung Ohr gewandert wäre?

Ich griff mit der einen Hand Richtung Ohr und hielt in der anderen immer noch den Fisch aus der Truhe. Das Eisstück hatte ich schnell aus dem Haar geklaubt, aber die Stimme war immer noch da!

„Jetzt steck mich doch wwwenigstens unter den Mmmantel! Ich frrriere mir schon die Flllossen ab!"

Moment mal – die Flossen? Also hat der Fisch mich angequatscht und gebibbert? Ich hielt ihn vor mein Gesicht. „Du spinnst ja wohl? Ich kann dich doch nicht unter den Mantel stecken. Da denken die Leute glatt, ich will dich klauen!" Und machte die berühmte Bewegung mit dem Zeigefinger in Richtung Stirn.

„Dann lass dir was anderes einfallen!", kam prompt die Antwort.

„Du kommst zu Hause in die Pfanne. Da wird dir schon warm werden!", antwortete ich verärgert.

Was fiel dem blöden Fisch eigentlich ein? Der hockt als küchenfertiges Lebensmittel in der Tiefkühltruhe und ist offiziell tot. Wieso quatscht der mich hier voll? Während ich noch darüber grüble, bekomme ich auf ein Mal einen Schubs von hinten.

„Woll'n Sie den Fisch nun kaufen, oder zu einer Talk-Show einladen", knurrt mich ein Herr an.

Da hatte ich doch tatsächlich vor der Tiefkühltruhe mit meinem Mittagessen geschwatzt!

Jana Heidler

Die Eisheiligen

Endlich hat der Frühling begonnen. Fauna und Flora konnten ihn kaum noch erwarten, zu lang war die Zeit der Entbehrungen. Es war ein harter Winter gewesen, der sich auch noch bis weit in den März hineingezogen hatte. Doch nun, da die Temperaturen dauerhaft in den Plusbereich geklettert waren, erwachte alles mit Macht zum Leben.

Die Pflanzen schossen förmlich in die Höhe und zur Blüte. Die Tiere schickten sich an, den Winterblues aus Fell und Gefieder zu schütteln, und gingen auf Brautschau.

Ein junger Blaumeisenmann, der gerade seinen ersten Winter überstanden hatte, machte sich eifrig daran, in einem kleinen Nistkasten an einem rosenumwachsenen Kirschbaum ein kuscheliges Nest zu bauen. Damit und mit seinem enthusiastischen Balztanz versuchte er, die Frauen seiner Art zu beeindrucken. Und prompt erlag ein ebenso junges Weibchen seinem Charme.

Eine Weile turtelten die beiden verliebt durch den Tag, bis es für sie Zeit wurde, in den Nistkasten einzuziehen und Eier zu legen. Diese waren rasch ausgebrütet und mehrstimmiges, hungriges Piepsen war leise aus dem Nest zu hören.

Noch hatten es die kleinen Meisen behaglich und gemütlich in ihrem kuscheligen Bettchen, auch weil es draußen schon recht warm war. Von ihren Eltern wurden sie emsig gefüttert, sodass sie sich zunächst prächtig entwickelten. Sie wurden größer und kräftiger, und allmählich wuchsen ihre ersten Federn, bis diese die ganzen Körper bedeckten. Allerdings waren sie zu dünn, um den kommenden, verspäteten Wintereinbruch abzuhalten.

Anfang Mai zogen die Eisheiligen über das Land und brachten Frost mit sich. Die Welt erstarrte. Die empfindlichen Blüten an den Bäumen und Blumen erfroren. Die Meisenkinder vermochten noch nicht, sich vor dieser Eiseskälte zu schützen. Sie zitterten und riefen um Hilfe. Doch selbst ihre Eltern konnten ihnen nicht mehr helfen. Dann wurden sie still, kuschelten sich tief in ihr Nest und schliefen friedlich ein, ohne zu ahnen, dass sie beobachtet wurden.

Einer der Eisheiligen, der eisige Wind, hatte ihre Rufe gehört. Neugierig flog er diesen nach und entdeckte die bibbernden Blaumeisenküken. Wie gerne hätte er sie gerettet, aber statt Wärme konnte er ihnen nur seinen kalten Atem geben. So musste er tatenlos mit ansehen, wie sie dem Frost erlagen.

Mitleid erfüllte sein kaltes Herz. Es taute auf und begann zu schlagen. Sanft nahm er die kleinen, leblosen Vögel in seine luftigen Hände und hauchte ihnen neues Leben ein.

Daraufhin veränderten sie sich: Sie wuchsen und bekamen ein leuchtend blaues Federkleid. Als sie ihre Augen öffneten, waren diese ebenfalls azurblau. Voller Leichtigkeit erhoben sie sich in die Lüfte und fingen an, zu singen, wie es schöner keine Nachtigall konnte. Auf diese Weise riefen sie den Sommer herbei und folgten seither stets den Eisheiligen auf ihren Reisen. Sie bedeuteten den Abschluss der Winterzeit und den Beginn der besten Sommermonate.

Sina Blackwood

Urs, der Bär

Ein Schrei durchschnitt die Stille. Urs erstarrte mitten in der Bewegung. Aus seinen Erinnerungen schälte sich ein Dezembertag hervor, welcher schon fünf Jahre zurücklag. Tränen, die er einfach nicht zurückhalten konnte, rollten über seine Wangen, erstarrten in der klirrenden Kälte und fielen als funkelnde Perlen in den Neuschnee.

Er suchte mit den Augen die Flanke des Berges auf der anderen Seite des schmalen Tales ab. Damals gellte ein ähnlicher Schrei durch den Morgen. Es lag auch fast genau so viel Neuschnee, der sich daraufhin in Bewegung gesetzt hatte, als Lawine ins Tal gerast war und die vier kleinen Häuser verschüttete. Eltern, Brüder, deren Frauen und Kinder ... alle tot. Urs war der Einzige, der das Inferno überlebt, nach der Schneeschmelze die Leichen aus den Trümmern gezogen und sie bestattet hatte. Er war hiergeblieben, hatte die am besten erhaltene Ruine wieder aufgebaut und lebte von dem, was ihm die Natur gab. Selten verirrten sich Fremde in diese Einöde.

Da bewegte sich etwas auf der anderen Seite. Urs' scharfe Augen erkannten eine dunkel gekleidete Person, die sich aus dem Schnee wühlte und dabei einen kleinen Rutsch auslöste, der aber nach wenigen Metern zum Stillstand kam. Dann schien ihn der Fremde ebenfalls zu bemerken, denn er begann, verzweifelt mit beiden Armen Zeichen zu geben. Urs winkte zurück und lief los, den Fremden zu retten. Der verhielt sich glücklicherweise ruhig, sodass die Chancen recht gut standen, ihn zu bergen, denn darüber, dass er mit einer Schneewächte vom Felsen gestürzt war, gab es für Urs keinen Zweifel.

„Halte durch!", murmelte der Eremit, Seil und Eispickel von der Wand hakend, ehe er über den freigeschippten Pfad zum Bach hinunter stieg, wo er einen gut begehrbaren Steg zum anderen Ufer gebaut hatte. Urs zog den Schal vor den Mund, denn die schneidende Kälte ließ fast den Dampf vor dem Mund gefrieren. Hin und wieder schaute er nach dem Fremden, der noch immer am selben Fleck verharrte, entweder weil er wusste, dass er eine Lawine auslösen konnte oder weil er ganz einfach verletzt und am Ende seiner Kräfte war.

Es dauerte fast drei Stunden, bis sich Urs seinen eigenen Berg hinunter und durch den Tiefschnee auf der anderen Seite an den Verunglückten herangearbeitet hatte. Als er ihn endlich fand, war er bereits bewusstlos. Dass er noch lebte, verriet der kaum spürbare Puls der Halsschlagader. Urs überlegte nicht lange, schlang ihm das Seil mehrfach unter den Armen hindurch und fierte ihn regelrecht den Hang hinunter vor sich her ab.

„Tut mir leid, geht nicht anders", brummte er. „Tragen muss ich dich drüben früh genug."

Am Ufer des Baches kontrollierte er noch einmal den Puls des regungslosen Fremden, ehe er ihn sich mühevoll auf den Rücken huckte. Nach zwei weiteren Stunden stolperte er erschöpft in sein Haus, wo er den Fremden einfach in sein Bett plumpsen ließ. Dann saß er einige Minuten, um neue Kraft zu schöpfen, einfach nur da.

Seufzend raffte er sich schließlich auf, zog sich aus, hängte seine wertvollen Hilfsmittel wieder an die Wand, dann erst widmete er sich dem Verunglückten. Er begann, ihn aus seiner Kleidung zu schälen, öffnete die Verschlüsse an den Handgelenken, die auch die dick gefütterten Handschuhe umschlossen. Zwar waren die Hände eiskalt, wiesen aber keine sichtbaren Erfrierungen auf.

„Junge, Junge, das wird jucken, wenn sie warm werden", stellte Urs fest, sämtliche Reißverschlüsse öffnend. „Na komm schon! Toter Mann spielen, gilt nicht. Mach irgendwas, auch wenn du nur die Augen verdrehst."

Wie auf Befehl öffnete sie der Fremde wirklich. Was ihm vor selbige kam, ließ sie groß und größer werden. Denn da war ein fast himmelblaues Augenpaar, das ihn neugierig aus einem wilden Gestrüpp von rabenschwarzem welligem Bart- und Haupthaar anschaute. So hatte er sich als Kind Rübezahl vorgestellt und nun schien die Legende, zum Leben erwacht zu sein.

„Wo tut es weh?", fragte sein Retter, ihn aus der Jacke schälend.

„Überall", quetschte der Unglücksrabe mühsam hervor, weil die aufgesprungenen Lippen wie Feuer brannten.

„Siehst auch nicht wirklich gut aus. Aber das kriegen wir wieder hin", bekam er zur Antwort und gleichzeitig aus einem Näpfchen eine Salbe auf die Wunden im Gesicht. Die stank zwar fürchterlich, linderte aber sofort Schmerz und Juckreiz, der durch die Wärme im Haus rasch hervorbrach.

„Meine Hände!", klagte der Verletzte, worauf Urs, dessen Finger mit Schnee abzureiben begann, bis die schlimmsten Symptome abklangen.

„Ich brühe dir jetzt einen Kräutertee auf, dann wird es dir rasch besser gehen", erklärte er, den kleinen Kessel in die Flammen des offenen Feuers der Kochstelle hängend. „Hunger wirst du ja auch haben. Wie heißt du überhaupt?"

„Andreas."

„Ich bin Urs."

Andreas lächelte. „Der Bär."

Urs lachte. „Also sei vorsichtig, du hast mich in meinem Winterschlaf gestört."

„Oh je. Dabei habe ich dir noch nicht einmal gedankt. Ohne dich wäre ich sicher schon erfroren!", rief Andreas.

„Viel hat wirklich nicht gefehlt." Urs zog sich einen Schemel neben das Bett. „Was ist passiert? Was hat dich bei derartigen Temperaturen in die Berge getrieben?!"

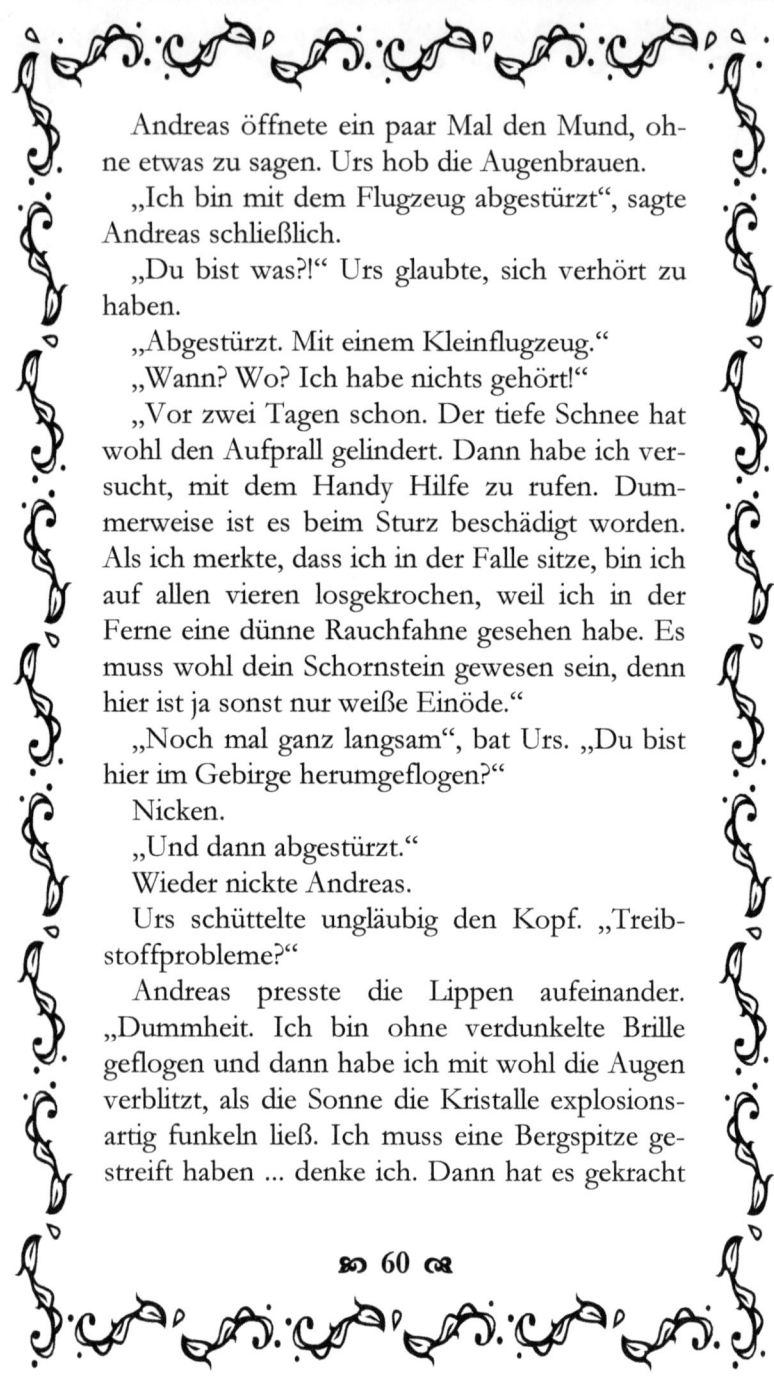

Andreas öffnete ein paar Mal den Mund, ohne etwas zu sagen. Urs hob die Augenbrauen.

„Ich bin mit dem Flugzeug abgestürzt", sagte Andreas schließlich.

„Du bist was?!" Urs glaubte, sich verhört zu haben.

„Abgestürzt. Mit einem Kleinflugzeug."

„Wann? Wo? Ich habe nichts gehört!"

„Vor zwei Tagen schon. Der tiefe Schnee hat wohl den Aufprall gelindert. Dann habe ich versucht, mit dem Handy Hilfe zu rufen. Dummerweise ist es beim Sturz beschädigt worden. Als ich merkte, dass ich in der Falle sitze, bin ich auf allen vieren losgekrochen, weil ich in der Ferne eine dünne Rauchfahne gesehen habe. Es muss wohl dein Schornstein gewesen sein, denn hier ist ja sonst nur weiße Einöde."

„Noch mal ganz langsam", bat Urs. „Du bist hier im Gebirge herumgeflogen?"

Nicken.

„Und dann abgestürzt."

Wieder nickte Andreas.

Urs schüttelte ungläubig den Kopf. „Treibstoffprobleme?"

Andreas presste die Lippen aufeinander. „Dummheit. Ich bin ohne verdunkelte Brille geflogen und dann habe ich mit wohl die Augen verblitzt, als die Sonne die Kristalle explosionsartig funkeln ließ. Ich muss eine Bergspitze gestreift haben ... denke ich. Dann hat es gekracht und ich war erst einmal k.o.", erzählte er weiter. „Den Rest kennst du bereits."

„Stopp! Nicht ganz. Warum bist du hier herumgeflogen?"

Andreas schloss die Augen, ballte die Fäuste und flüsterte: „Aus blankem Großkotzgehabe und weil ich einer Frau imponieren wollte."

„Aha", machte Urs, der nicht wusste, wie er das Geständnis sonst hätte kommentieren sollen. „Dann musst nun wohl oder übel bei mir bleiben, bis der Schnee taut, falls sie dich nicht vorher mit einem Hubschrauber suchen. Hoffen wir, dass deine Verletzungen keine bleibenden Schäden nach sich ziehen." Er schenkte den Tee ein und reichte Andreas etwas Schüttelbrot.

„Die Beine kannst du aber bewegen oder bist du nur mit den Händen gekrochen?"

„Ich kann sie bewegen. Ich fühle sie auch. Hab mir aber sicher etwas verstaucht", versuchte Andreas zu erklären.

„Oder gebrochen", warf Urs ein. „Aber das könnte ich schienen. Gerades Holz habe ich zur Genüge."

Ganz langsam dämmerte es Andreas, dass Urs hier wirklich fern von jeglicher Zivilisation lebte. Es gab keinen Strom und Licht kam von einem Öllämpchen.

„Wovon lebst du?", fragte er vorsichtig.

„Vom Berg, um es grob auszudrücken", erhielt er zu Antwort. „Von Beeren, Pilzen, Kräutern."

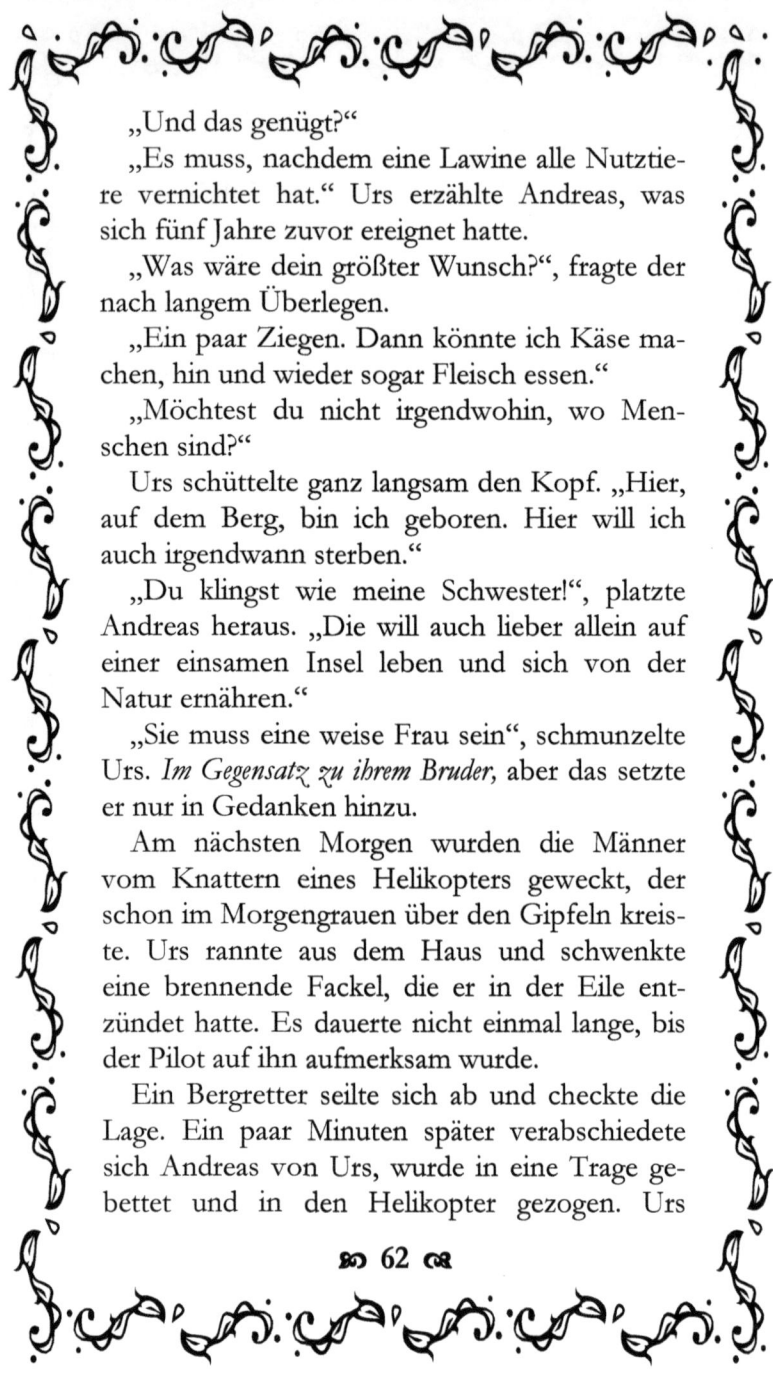

„Und das genügt?"

„Es muss, nachdem eine Lawine alle Nutztiere vernichtet hat." Urs erzählte Andreas, was sich fünf Jahre zuvor ereignet hatte.

„Was wäre dein größter Wunsch?", fragte der nach langem Überlegen.

„Ein paar Ziegen. Dann könnte ich Käse machen, hin und wieder sogar Fleisch essen."

„Möchtest du nicht irgendwohin, wo Menschen sind?"

Urs schüttelte ganz langsam den Kopf. „Hier, auf dem Berg, bin ich geboren. Hier will ich auch irgendwann sterben."

„Du klingst wie meine Schwester!", platzte Andreas heraus. „Die will auch lieber allein auf einer einsamen Insel leben und sich von der Natur ernähren."

„Sie muss eine weise Frau sein", schmunzelte Urs. *Im Gegensatz zu ihrem Bruder,* aber das setzte er nur in Gedanken hinzu.

Am nächsten Morgen wurden die Männer vom Knattern eines Helikopters geweckt, der schon im Morgengrauen über den Gipfeln kreiste. Urs rannte aus dem Haus und schwenkte eine brennende Fackel, die er in der Eile entzündet hatte. Es dauerte nicht einmal lange, bis der Pilot auf ihn aufmerksam wurde.

Ein Bergretter seilte sich ab und checkte die Lage. Ein paar Minuten später verabschiedete sich Andreas von Urs, wurde in eine Trage gebettet und in den Helikopter gezogen. Urs schaute dem Heli hinterher, bis er zwischen den Gipfeln verschwand.

Ein paar Monate später kreiste wieder ein Hubschrauber über Urs' Berg, ging tiefer und landete auf einem kleinen Plateau. Zwei Männer sprangen heraus, kamen zu ihm herüber. „Guten Morgen. Wir bringen Grüße und ein kleines Geschenk von Andreas. Er hofft, damit Ihren Geschmack getroffen zu haben." Einer drückte Urs einen Brief in die Hand, während der andere bereits die Seitentür öffnete, aus der penetranter Geruch hervordrang.

„Ziegen!", stammelte Urs verdattert, die drei Tiere anschauend, als habe er gerade Geister erblickt.

Rasch ging er den Männern zur Hand, die froh waren, ihre stinkenden Passagiere loszuwerden. Wahrscheinlich hatte Andreas' Schwester die Hand mit im Spiel gehabt, denn es gab zu jedem Tier eine lange Kette und einen Pflock. Sie hatte wohl geahnt, dass der Retter ihres Bruders nicht auf tierischen Zuwachs eingerichtet war und improvisieren musste, bis Stall und Gatter gebaut waren.

Als er das letzte Tier angepflockt hatte, hob der Helikopter schon wieder ab und Urs stand da, als sei er soeben aus einem Traum erwacht. Er zwickte sich sogar in die Hand, schloss die Augen, öffnete sie wieder und sah immer das gleiche Bild, drei wundervolle robuste Ziegen, die bereits die ersten Grashalme fraßen. Genau genommen waren es zwei Geißen und ein Bock, wie Urs mit tiefer Dankbarkeit feststellte. Er hatte nicht nach Andreas' Lebensumständen gefragt und demzufolge keine Ahnung, dass er einem Multimillionär das Leben gerettet hatte, für den die Ziegen nur eine kleine Aufmerksamkeit waren.

Er erinnerte sich an den Brief und begann zu lesen:

Mein lieber Urs,

ich hoffe, den richtigen Zeitpunkt gewählt zu haben, Dir Deinen sehnlichsten Wunsch zu erfüllen. Der Schnee müsste ja auch auf Deiner Alm inzwischen der Vergangenheit angehören. Abgesehen von ein paar Prellungen und ein paar Tagen Schneeblindheit habe ich mein Flugabenteuer, dank Dir, gut überstanden. Ich werde wohl ewig in Deiner Schuld stehen. Ich war nie sonderlich religiös, habe aber, weil der Himmel schwarz gewesen sein muss, vor lauter Schutzengeln, in der nächstgelegenen Kathedrale mehrere Kerzen entzündet, und Dir inbrünstige Dankgebete gewidmet.

In der Hoffnung, dass es Dir gut geht,

Andreas.

P.S. Grüße von meiner Schwester, sie ist begierig, dich irgendwann kennenzulernen.

Urs las den letzten Satz gleich mehrmals, blinzelte vergnügt in die Sonne und murmelte: „Eine Insel habe ich zwar nicht, aber einen grandiosen Blick auf ein wundervolles Gebirge und viel Platz, um das Haus zu vergrößern. Wer weiß schon, was die Zukunft bringt."

Matthias Albrecht

Der Winter wird abgeschafft

Es war unerhört: Der Winter sollte in Zentraleuropa für immer abgeschafft werden! Ausnahmsweise mal keine Schnapsidee derer aus Brüssel. Nein, der Oberste Rat der Götter persönlich hatte diesen äußerst umstrittenen Antrag der Sommermonate zur Abstimmung in den einzelnen Ländern zugelassen.

Als Begründung dienten wirtschaftliche Überlegungen: Ohne Einfluss des Winters wären mehrere Ernten pro Jahr möglich. Die Heizkosten könnten rapide gesenkt werden. Niemand bräuchte mehr Kohle, Gas und Heizöl zu bunkern oder sich warme Kleidung zu besorgen. Das leidige Schneeschieben und Abstumpfen der Gehsteige entfiele ebenso wie das umweltschädliche Salzlaugenstreuen auf den Straßen. Man könnte das ganze Jahr über Baumaßnahmen verwirklichen. Staus auf den Autobahnen infolge des Urlaubsverkehrs gehörten der Vergangenheit ebenso an wie Unfälle mit Schwerverletzten und Verkehrstoten durch Glatteis und Schneegestöber. Das Aufzählen der Vorteile wollte kein Ende nehmen.

Man konnte sich schon jetzt denken, wie die Wahl ausgehen musste. Die sogenannten reinen Sommermonate Juli und August hatten je vier Stimmen. Der September drei und der Juni immerhin noch eine. Der Winter konnte mit den „reinen" Wintermonaten Januar und Februar zu-nächst acht Stimmen in die Waagschale werfen. Rechnerisch müsste er nun mit denen des März' und Dezembers ebenso zwölf Stimmen auf sich vereinen können. Müsste! Aber – Pustekuchen. Da seit nunmehr fünfzehn Jahren sowohl Dezember als auch März im Schnitt zu warm ausgefallen waren, hatte man ihnen per Gerichtsbeschluss das Stimmrecht aberkannt. Sie bekämen es nur unter der Bedingung zurück, sollte es ihnen gelingen, innerhalb von fünf Jahren ihre Tageshöchsttemperaturen ein Stück weit in den Keller fallen zu lassen. Dies jedoch stand derzeit kaum zu erwarten.

Die Abstimmung sollte offen durch Erheben der Hand erfolgen. Einfache Stimmenmehrheit reichte für das Ergebnis aus. Der Winter konnte jetzt nur darauf hoffen, dass einige Abgeordnete der Frühjahrs- und Herbstfraktion für ihn stimmten oder sich ihrer Stimme wenigstens enthielten. Er wusste, dass er Sympathisanten unter ihnen hatte oder glaubte, es zu wissen.

Der November beispielsweise hatte ihm unter vorgehaltener Hand schon einige Avancen gemacht. Er wolle nicht länger zum Herbst gehören und das Land mit nasskalten Tagen und stürmischen Nächten überziehen. Morgendlicher Raureif, der tagsüber innerhalb weniger Stunden verschwand – ha! Nichts Halbes und nichts Ganzes. Kein Herbst mehr und doch noch lange kein Winter. Er war ein ungeliebter Monat, der November. Der unbeliebteste überhaupt. Liebend gern hätte er mit Schnee und glitzerndem Frost aufgewartet, wenn er es schon nicht dem September und Oktober gleich tun und die Früchte reifen lassen konnte. Außer den paar mickrigen Spätherbstpilzen hatte er ja nichts vorzuweisen.

„Ja, der Goldene Oktober hat's gut", klagte er dem Winter sein Leid. „Da gibt's noch reichlich zu ernten und warme Tage. Es ist der Monat der Weinlese, des Erntedankfestes, der Kirchweih, des Reformationstags. Und vor zweitausend Jahren bei den Kelten war es Brauch, am letzten Tag des Oktobers den Sommer mit großen Feuern zu verabschieden und den Winter zu begrüßen. Verstehst du? Der Sommer ging – der Winter kam. Es gab mich damals nicht. Niemand brauchte einen Monat wie mich. Ich bin nur ein Sammelsurium für die schlechtesten Tage des Herbstes. So überflüssig wie ein Kropf oder Weisheitszahn."

Der Winter tröstete ihn mit dem Hinweis darauf, dass ja der Dezember auch noch größtenteils zum Herbst gehöre, zumindest aus kalendarischer Sicht.

„Der Dezember hat es auch viel leichter als ich, akzeptiert zu werden", seufzte der November. „Er ist mit abwechslungsreichen Tagen geradezu gesegnet. Mit seiner Adventszeit, dem Nikolaustag, dem Weihnachtsfest, Silvester, überhaupt den ganzen Feiertagen. Was hingegen habe ich zu bieten? Volkstrauer- und Totensonntag. Wie amüsant!"

Der Winter wusste nicht, was er tun konnte, um den November aufzumuntern. „Schau mal", sagte er, „der Februar ist seit einiger Zeit auch kein richtiger Wintermonat mehr. Er bringt zunehmend Wetterlagen, die den deinen gleichen. Kein Winter mehr, aber auch noch kein Frühling."

„Das kann man nicht vergleichen", murrte der November. „Die Menschen freuen sich auf das Frühjahr. Da wird der Februar mit ganz anderen Augen gesehen als es bei mir der Fall ist. Nein, da will ich lieber zu dir gehören."

„Leider kann ich dich nicht in einen Wintermonat verwandeln", sagte der Winter. „Da sind mir die Hände gebunden. Du musst schon beim Herbst bleiben."

„Ja, bedauerlicherweise", stöhnte der November.

„Aber du kannst für mich stimmen am Wahltag", sagte der Winter. „Dann werde ich vielleicht doch nicht abgeschafft."

„Als ob meine Stimme schon zählte."

„Deine Stimmen! Du hast vier."

„Das macht den Kohl am Ende auch nicht fett."

„Jede Stimme zählt!"

„Überlege doch mal", ereiferte sich der November. „Dezember und März haben kein Stimmrecht. Januar, Februar und ich kommen zusammen auf gerade mal zwölf. Wenn alle an-

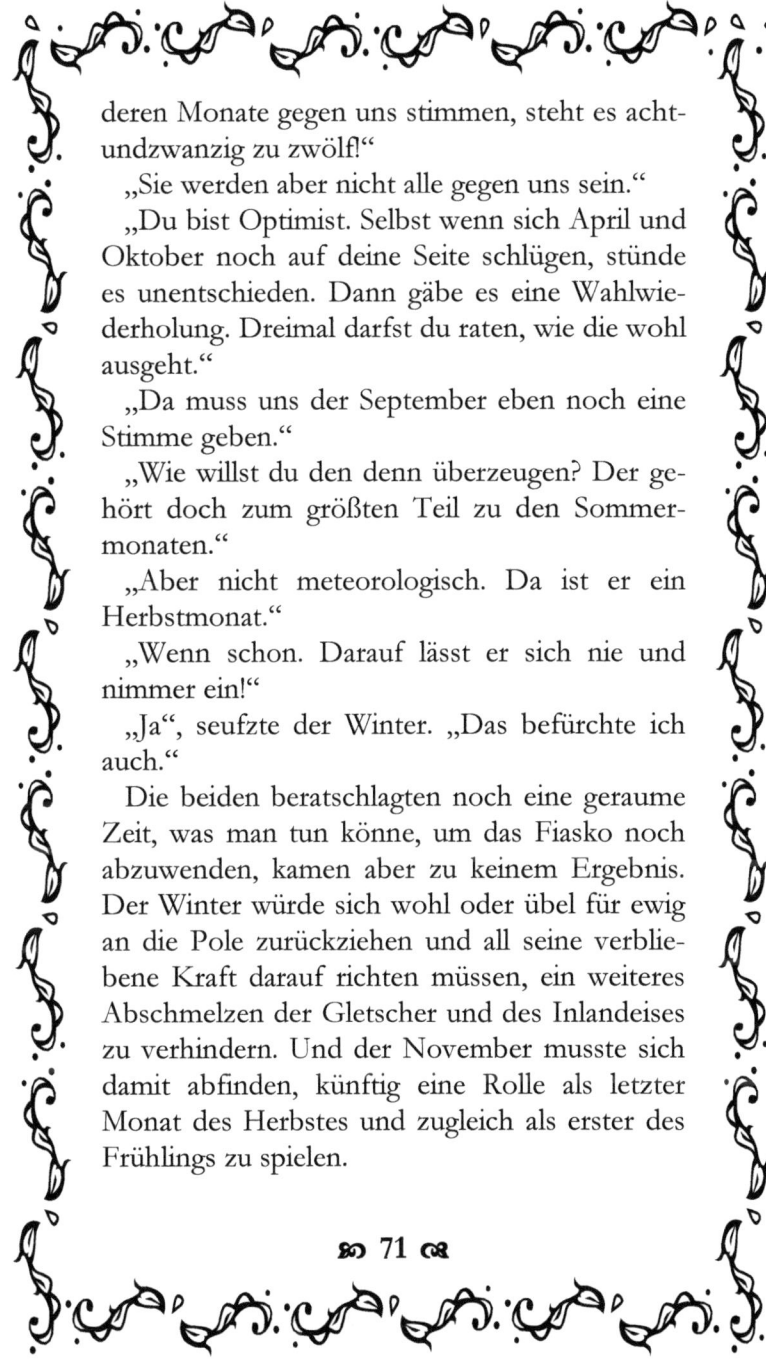

deren Monate gegen uns stimmen, steht es achtundzwanzig zu zwölf!"

„Sie werden aber nicht alle gegen uns sein."

„Du bist Optimist. Selbst wenn sich April und Oktober noch auf deine Seite schlügen, stünde es unentschieden. Dann gäbe es eine Wahlwiederholung. Dreimal darfst du raten, wie die wohl ausgeht."

„Da muss uns der September eben noch eine Stimme geben."

„Wie willst du den denn überzeugen? Der gehört doch zum größten Teil zu den Sommermonaten."

„Aber nicht meteorologisch. Da ist er ein Herbstmonat."

„Wenn schon. Darauf lässt er sich nie und nimmer ein!"

„Ja", seufzte der Winter. „Das befürchte ich auch."

Die beiden beratschlagten noch eine geraume Zeit, was man tun könne, um das Fiasko noch abzuwenden, kamen aber zu keinem Ergebnis. Der Winter würde sich wohl oder übel für ewig an die Pole zurückziehen und all seine verbliebene Kraft darauf richten müssen, ein weiteres Abschmelzen der Gletscher und des Inlandeises zu verhindern. Und der November musste sich damit abfinden, künftig eine Rolle als letzter Monat des Herbstes und zugleich als erster des Frühlings zu spielen.

Eine Woche vor der Wahl wurde eine außerordentliche Mitgliederversammlung einberufen. Die Jahreszeiten fanden sich vollständig ein, mutmaßten sie doch, dass man das Prozedere der Wahlveranstaltung besprechen wolle. Indes wurde nun verkündet, dass der Wettergott Petrus eine einstweilige Verfügung erwirkt hatte, wonach die Wahl erst dann stattfinden dürfe, wenn er dem Obersten Rat zuvor eine Erklärung, verbunden mit einer bildhaften Demonstration, abgegeben hätte. Da Petrus entscheidenden Einfluss auf das von den Göttern künftig gewünschte Wetter haben würde und man ihn nicht einfach übergehen konnte, wurde seinem Anliegen stattgegeben.

„Hohe Herren, geehrte Abgeordneten", begann er seine Rede. „Ihr habt bislang lediglich das Für, aber nicht das Wider in Euren Plänen, den Winter abzuschaffen, bedacht. Ich werde Euch vor Augen führen, was ein solcher Schritt mittelfristig für Europa bedeutet. Hier nun meine Präsentation!"

Der Saal verdunkelte sich. Über den Köpfen der Anwesenden erschienen drei-dimensionale Filmsequenzen, welche auf beeindruckende Weise die Konsequenzen aufzeigten, die ein Wegfall des Winters in Europa mit sich brächten: Infolge der langanhaltenden Schönwetterlage und Wärme versandeten die Felder. Dürren waren die Folge. Die Fülle der Flora verschwand innerhalb weniger Jahre auf Nimmerwiedersehen. Insbesondere die Laubbäume, welche den Winter zum Regenerieren ihrer Kräfte benötigten, verausgabten sich, verkümmerten und starben. Waldbrände breiteten sich aus. Die Menschen stöhnten und litten unter der Hitze. Unzählige Klimaanlagen benötigten jetzt die Energie, mit der man zuvor im Winter die Wohnungen heizte. Wasser wurde zu einem knappen Gut und mit Gold gehandelt. Wüsten breiteten sich aus, wo zuvor noch üppige Vegetation geherrscht hatte. Die Schienenstränge der Bahn verwarfen sich; der Asphalt der Straßen schlug Blasen. Die Felder lagen brach. Seen und Teiche trockneten aus. Bäche und Flüsse versiegten. Sand- und Staubstürme wüteten und hinterließen unbewohnbare Einöden. Und die Kleingärtner bauten Kakteen an statt Kohl, Tomaten oder Bohnen.

Wenn es wirklich mal regnete, dann aber richtig. Der ausgehärtete Boden konnte die Wassermassen in der kurzen Zeit nicht aufnehmen, und so forderten Überschwemmungen unzählige Todesopfer bei Mensch und Tier. Wirbelstürme besorgten den Rest. Nach ein paar Jahrzehnten war Europa eine unbewohnbare, lebensfeindliche Einöde.

Dies war nur ein kleiner Auszug aus dem stundenlangen Horrorszenario, welches Petrus den entsetzten Abgeordneten darbot. Einige hatten bereits nach der Hälfte der Präsentation fluchtartig die Toiletten aufgesucht. Andere verharrten leichenblass auf ihren Sitzen. Sie waren nicht mehr in der Lage, sich zu bewegen oder nur ansatzweise einen klaren Gedanken zu fassen.

Nachdem die apokalyptischen Bilder endlich verblasst waren und im Saal wieder das Licht anging, herrschte minutenlang Stillschweigen. Schließlich verkündete der Sprecher des Obersten Rats mit belegter Stimme, dass eine endgültige Entscheidung über die Durchführung der Wahl innerhalb der nächsten zwei Tage getroffen werden solle. Eine Diskussion über das eben Präsentierte würde es hier und jetzt nicht geben. Die noch anwesenden Abgeordneten hatten daran ohnehin kein Interesse. Sie erhoben sich benommen und wankten nach Hause.

Vierzig Stunden nach dieser Versammlung erließ der Oberste Rat der Götter einen Beschluss, welcher in sämtlichen Medien veröffentlicht wurde: Der Winter wird nicht abgeschafft! Das Zulassen einer diesbezüglichen Abstimmung wird für null und nichtig erklärt. Der Winter wird bei Vertragsstrafe dazu aufgerufen, seiner angestammten Rolle künftig in vollem Umfang gerecht zu werden. Im Gegenzug verpflichten sich die Sommermonate, nicht bis zum Ende des Spätherbstes hinein zu herrschen – trotz jeglichem Gerede über Erderwärmung und Launen der Natur. Ausgewogenheit und gegenseitige Akzeptanz seien nunmehr gefragt. Und mehr Miteinander statt Gegeneinander.

„Fragt nicht, was eure Jahreszeiten für euch tun können, sondern was ihr für eure Jahreszeiten tun könnt!" – Das war das Credo dieses endgültigen Beschlusses. Rein meteorologisch gesehen, versteht sich …

Die Zukunft wird zeigen, inwieweit sich die Jahreszeiten daran halten. Man darf skeptisch sein. Aber auch ein wenig optimistisch. Ein klein wenig nur.

Die Hoffnung stirbt ja bekanntlich zuletzt.

Michael Gimmel

Ein alternatives Wintergedicht

oder

Ein kurzer Weg vom Frost zum Frust

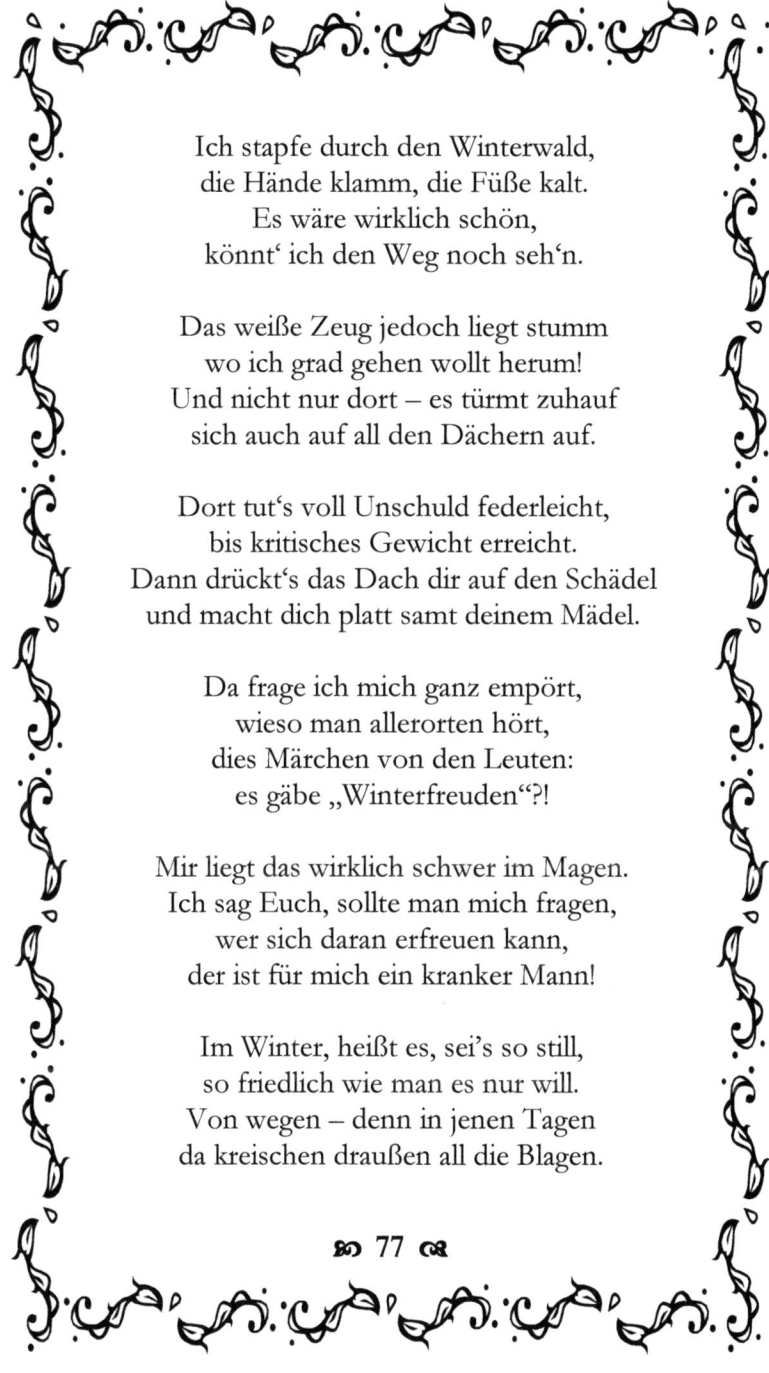

Ich stapfe durch den Winterwald,
die Hände klamm, die Füße kalt.
Es wäre wirklich schön,
könnt' ich den Weg noch seh'n.

Das weiße Zeug jedoch liegt stumm
wo ich grad gehen wollt herum!
Und nicht nur dort – es türmt zuhauf
sich auch auf all den Dächern auf.

Dort tut's voll Unschuld federleicht,
bis kritisches Gewicht erreicht.
Dann drückt's das Dach dir auf den Schädel
und macht dich platt samt deinem Mädel.

Da frage ich mich ganz empört,
wieso man allerorten hört,
dies Märchen von den Leuten:
es gäbe „Winterfreuden"?!

Mir liegt das wirklich schwer im Magen.
Ich sag Euch, sollte man mich fragen,
wer sich daran erfreuen kann,
der ist für mich ein kranker Mann!

Im Winter, heißt es, sei's so still,
so friedlich wie man es nur will.
Von wegen – denn in jenen Tagen
da kreischen draußen all die Blagen.

Sie toben in dem Schnee herum.
Erst abends fall'n sie müde um.
Und nichts als plumpe Kugelmänner
bring'n sie zustande, diese Penner.

Und „weich" - wer's glaubt –
soll Schnee auch sein.
Die Lüge finde ich gemein!
Denn in der Sonne (wer's nicht wusste)
bekommt der Schnee 'ne harsche Kruste

Man fliegt im Harsch meist unvermeint
auf etwas, was sich darauf reimt.
Das glatte Eis reißt dir, oh Schreck,
die Beine unterm Hintern weg.

Solch Schmerzen dich im Winter plagen!
Die kann man nur im Suff ertragen.
Doch statt an Grog mich zu besaufen,
tut Rotz mir aus der Nase laufen.

Und wie ich's Taschentuch noch such,
entringt sich mir ein wilder Fluch:
An meiner Nase wächst beim Stapfen
ein ausgesprochen langer Zapfen.

Was ich auch tu, aus Richtung Ost
ereilt mich schon Sibiriens Frost.
Ich habe es doch gleich gewusst:
der Winter bringt für mich nur Frust.

Sagt nicht, ich sei ein Spielverderber.
Ich bin nur ehrlich – kein Schönfärber.
Mich quält ein einz'ger Wunsch, ein frommer:
Ach Herrgott, mach doch endlich Sommer!

Doch wenn ich dann im Sommer sitze
und leise in der Sonne schwitze,
da wünsche ich mir laute Kinder
und einen schönen kalten Winter.

Jacqueline Zöllner

Leben

Die Menschen sind blind. Sie sehen nicht, was die Welt zu bieten hat. In jeder Sekunde ihres Lebens hetzen sie von einem Ort zum nächsten, ohne nach links und rechts zu schauen. Immer denken sie daran, dass sie noch dies und jenes zu erledigen haben und kommen niemals zur Ruhe. Sie ärgern sich, wenn die Gehaltserhöhung ausbleibt oder sie keinen Urlaub bekommen. Sie beschweren sich, wenn die Nachbarn zu laut sind oder streiten sich mit der Familie, wer den Hausputz übernehmen soll. Die Menschen sehen nur sich selbst und sind nur auf Erfolg und Geld aus. Das hatte ich in den drei Monaten schon gelernt, in denen ich in Deutschland war. Doch all das ist nicht mehr wichtig, wenn die Welt von heute auf morgen zusammenbricht.

Es passierte an einem warmen und sonnigen Tag Ende Juli. Meine Großeltern waren schon auf den Beinen und bereiteten das Frühstück vor – das hörte ich an den Geräuschen, die aus der Küche zu mir nach oben drangen. Ich lag noch in meinem Bett, da ich ein flaues Gefühl im Magen spürte. Außerdem plagten mich schon seit ein paar Stunden heftige Kopfschmerzen, die mich nicht gut hatten schlafen lassen. Also starrte ich die Zimmerdecke an und dachte darüber nach, was meine Eltern in unserer Heimat wohl gerade machten. Vielleicht holten sie gerade Wasser, kochten über der Feuerstelle oder gingen zu dem kleinen Dorfplatz in der Nähe unserer Hütte. Meine Mutter war in Algerien geboren und hatte dort schon ihr ganzes Leben verbracht. Mein Vater lernte sie während einer Geschäftsreise nach Afrika kennen und lieben, woraufhin er beschloss, sein Leben umzukrempeln und zu ihr zu ziehen, um mit ihr eine Familie zu gründen. Drei Jahre danach kam ich zur Welt. Inzwischen war ich dreizehn und meine Großeltern hatten mir die Reise nach Deutschland bezahlt, damit wir uns kennenlernen konnten. Sie zeigten mir ihre Heimatstadt, wie man hier lebte und erzählten mir Geschichten aus ihrer Vergangenheit. Außerdem erklärten sie mir, dass es hier nicht das ganze Jahr über so warm und sonnig war, wie in meiner Heimat. Besonders die Erzählungen über Eis und Schnee gefielen mir, weil ich das so gar nicht kannte.

„Neyla", hörte ich meine Großmutter von unten rufen, „es gibt Frühstück."

„Ich komme", wollte ich rufen, als ich plötzlich eine Veränderung in meinem Sehfeld bemerkte. Das Zimmer wurde unscharf und bunte Flecken tanzten vor meinen Augen. Was war das denn auf einmal? Ich richtete mich auf. Zu schnell, denn sofort wurde mir schwindlig. Also wartete ich eine Weile, bis der Raum sich nicht mehr so stark drehte und versuchte dann, langsam aufzustehen. Sofort wurde mir übel und ich wollte nach nebenan ins Badezimmer gehen, doch ich verlor das Gleichgewicht und fiel hin. Ich sah nichts mehr außer den bunten Flecken.

Mühsam zog ich mich an der Kommode rechts neben mir nach oben und versuchte, den stechenden Schmerz in meinem Kopf zu ignorieren. Ich kniff die Augen fest zusammen und hoffte, dass es besser wurde. Aber nein, den Gefallen tat mir mein Körper nicht. Allmählich bekam ich Angst. Was war auf einmal mit mir los? Mir war eiskalt und doch schwitzte ich gleichzeitig. In meinen Ohren hörte ich ein stetiges Rauschen.

Als ich wieder einigermaßen sicher stand, tastete ich mich an der Wand entlang zum Badezimmer. Dort angekommen drehte ich den Wasserhahn auf und spritzte mir vornübergebeugt kaltes Wasser ins Gesicht. Ein Fehler. Denn sofort verstärkte sich der Schwindel wieder und ich übergab mich.

„Neyla", hörte ich meine Großmutter entsetzt rufen, „Neyla, was hast du?"

Ich hatte nicht gehört, dass sie nach oben gekommen war. Jetzt spürte ich ihre besorgten Hände auf meinen Armen.

„Ich weiß es nicht", schluchzte ich und wischte mir den Mund ab.

„Komm, ich bring dich in dein Zimmer", sagte sie und legte mir sanft die Hand auf den Rücken.

Nach kaum drei Schritten verlor ich erneut das Gleichgewicht. Oma rief noch nach meinem Großvater, dann sank ich in erleichternde Ohnmacht.

Ich bekam nicht mit, wie sie den Notarzt riefen. Ich bekam nicht mit, wie ich in den Krankenwagen verladen und mit Blaulicht in die Notaufnahme gefahren wurde. Und ich bekam nicht mit, wie ich erst untersucht und dann auf ein Zimmer gebracht wurde. Erst am Abend wachte ich schließlich auf. Sofort stellte ich fest, dass die Kopfschmerzen zwar besser, aber immer noch da waren. Doch zum Glück war die Übelkeit verschwunden und ich konnte wieder richtig sehen.

„Wie fühlst du dich?", fragte Großmutter, die neben meinem Bett auf einem Stuhl saß.

„Besser", antwortete ich knapp und ließ den Blick durch den Raum schweifen. Im Gegensatz zu den Krankenstationen in Afrika musste das hier der pure Luxus für Ärzte und Patienten sein. Alles sah modern und neu aus.

„Ich habe deinen Vater angerufen. Deine Eltern werden den nächsten Flieger nach Deutschland nehmen."

„Danke", sagte ich.

„Hast du so etwas öfter?", fragte eine Männerstimme.

Erst jetzt bemerkte ich, dass ein Arzt im Raum war. Ich drehte den Kopf nach links und sah ihn mit einem Klemmbrett am Fenster stehen.

„Die Kopfschmerzen hab ich schon länger", begann ich. „Mir ist auch manchmal schwindelig, aber es war noch nie so schlimm wie heute."

Da ich zweisprachig aufgewachsen war, verstand ich ihn problemlos und konnte ihm auch fließend antworten.

„Und die Sehstörungen?", wollte der Doktor wissen.

Ich schüttelte den Kopf. Keine gute Idee. Der Raum begann, leicht zu schwanken.

„Gleichgewichtsprobleme?"

„Nein. Heute das erste Mal", sagte ich.

Er ließ das Klemmbrett sinken. „Gut. Wir werden dich die Nacht über zur Beobachtung hier behalten. Morgen werden wir weitere Untersuchungen durchführen. Versuch ein wenig zu schlafen."

Damit verließ er den Raum und meine Großmutter ging wenig später. Trotz der vielen Gedanken, die ich mir machte, schlief ich sehr schnell ein.

Am nächsten Morgen wachte ich mit Kopfschmerz und Schwindel auf. Es schienen meine neuen Begleiter werden zu wollen. Die Ärzte ließen nicht lange auf sich warten und untersuchten mich gründlich. Nach den Tests besuchten mich meine Großeltern und wir warteten gemeinsam auf das Ergebnis.

Der Arzt rief uns mit ausdrucksloser Miene in sein Büro. Wir setzten uns ihm gegenüber an seinen großen Schreibtisch. Zuerst redete er um den heißen Brei herum und ich spielte nervös mit meinen Fingern. Doch dann konnte er die schlechte Nachricht nicht weiter hinauszögern und er stellte seine Diagnose: Gehirntumor. Inoperabel.

In diesem Moment wusste ich nicht, was ein Gehirntumor ist, aber an der Reaktion meiner Großeltern konnte ich erkennen, dass es etwas Schlimmes sein musste. Sie erklärten es mir, als wir wieder zu Hause waren. Der Gedanke, dass ich sterben würde, beherrschte mich die ersten Tage völlig. Ich hatte Angst, zog mich immer mehr zurück und weinte mir die Augen wund. Meine Großeltern hatten keine Chance, an mich heranzukommen, wie sehr sie es auch versuchten. Und auch die Mühe meiner Eltern war vergebens, nachdem sie in Deutschland angekommen waren und mich in den Arm nehmen konnten.

Mein Vater hatte damals gleich gefragt, ob man es nicht mit Chemo oder Bestrahlung oder sonstigen Medikamenten therapieren konnte, doch die Ärzte verneinten alle Vorschläge. Der Krebs wäre schon zu weit fortgeschritten.

Irgendwann jedoch erwachte ich aus meiner Zwischenwelt. Es war mein Großvater, der mir zu meinem vierzehnten Geburtstag ein leeres Notizbuch schenkte. Ich hatte ihn gefragt, was ich damit soll und er lächelte mich an.

„Neyla", sagte er liebevoll und strich mir eine Haarsträhne aus dem Gesicht, „mag sein, dass dir auf dieser Welt nicht mehr viel Zeit bleibt.

Aber warum suhlst du dich hier in Selbstmitleid und verkriechst dich, anstatt diese Zeit zu nutzen und all das zu erleben, was du noch machen möchtest."

Ich sah ihn an und fing an zu weinen. Er nahm mich einfach in den Arm und hielt mich fest, während die Tränen ihre Spuren auf meinen Wangen hinterließen.

In diesem Augenblick akzeptierte ich mein Schicksal. Die Ärzte hatten meine Zeit auf ungefähr ein Jahr geschätzt. Ich musste sie nutzen!

Als hätte Opa meine Gedanken gelesen, reichte er mir einen Stift und ich begann, all meine Ideen in dem Notizbuch niederzuschreiben. Mein allererster Wunsch war es, einmal einen Schneemann zu bauen. Ich wollte die Kälte auf meiner Haut spüren und das erleben, was für die Menschen hier Normalität war. Danach folgte eine lange Liste an Dingen, die ich unbedingt noch machen wollte. Als mir schließlich nichts mehr einfiel, lächelte ich meinen Großvater an.

„Danke", sagte ich und Opa drückte meine Hand.

In den nächsten Wochen erlebte ich sehr viel. Zuerst fuhren wir alle zusammen mit einem Zug auf einen Berg und genossen die wunderschöne Aussicht, die mit den vielen Bäumen, Felsen und Flüssen so ganz anders war, als die ewige Wüstenlandschaft, die ich aus Afrika kannte. Dann gingen wir zu einem See und machten ein Picknick. An einem anderen Tag ging ich mit Opa in den Wald und er zeigte mir seine Bewohner: Rehe und Hasen, einen Igel und die verschiedensten Vögel. Es war alles so neu für mich, dass ich mich gar nicht satt genug sehen konnte. Erst als es mir zu kalt wurde, konnte mein Großvater mich dazu überreden, nach Hause zu gehen.

Opa meinte, dass jedes Kind Fahrradfahren können sollte und so brachte er es mir bei. Wir übten jeden Abend und hatten sehr viel Spaß dabei.

Meiner Familie, allen voran Opa, verdankte ich so viel. Sie bereiteten mir die schönsten Monate meines Lebens.

Natürlich gab es zwischendurch immer wieder schlimme Momente, in denen mich die Schmerzen überrollten und meine Eltern und Großeltern fast verzweifelten, da sie mir nicht helfen konnten. Ich weinte und verkroch mich in eine Ecke meines Zimmers, aß nichts und lehnte jeden Versuch ab, mich trösten zu lassen.

Es war Mitte Dezember, als es schließlich einen sehr guten Tag gab, an dem vor allem meine Eltern wieder Hoffnung schöpften.

Ich wachte sehr früh auf, denn irgendetwas war anders. Langsam richtete ich mich auf und sah aus dem Fenster. Die ganze Welt dort draußen war weiß! Das musste Schnee sein! Über Nacht hatte der Winter die Dächer der

Häuser, die Straßen und Wiesen weiß angemalt. Alles strahlte und glitzerte.

Ich sprang aus dem Bett und ignorierte dabei die Kopfschmerzen, die sich wie tausend kleine Nadeln in meinen Kopf bohrten.

„Mama, Papa!", rief ich aufgeregt und riss die Tür auf.

„Neyla, um Himmels Willen, was ist passiert?", schrie meine Mutter zu Tode erschrocken und rannte die Treppe hinauf. Sie musste davon ausgehen, dass ich wieder einen schlimmen Schub hatte.

„Es hat geschneit!", sagte ich und lachte. Ich fühlte mich trotz Schmerzen so gut wie lange nicht mehr.

Erleichtert atmete Mama aus. Sie war auf alles gefasst gewesen, nur darauf nicht.

Noch im Schlafanzug stürmte ich die Treppe hinunter und riss die Tür auf. Aus den Augenwinkeln sah ich wie Großvater aus der Küche kam. Barfuß, wie ich war, rannte ich hinaus und blieb mitten auf der Wiese im Schnee stehen. Sofort bekam ich eine Gänsehaut.

„Neyla, komm wieder rein, du erfrierst noch", rief Opa, der mit Mama in der Tür stand. Doch ich dachte gar nicht daran. Ich nahm eine Handvoll des weißen Pulvers und warf es über mich in die Luft. Lachend drehte ich mich um mich selbst, während die Flocken auf mein Gesicht rieselten.

„Es ist toll!", sagte ich glücklich und sah Großvater lächeln.

„Lass uns erst einmal frühstücken", meinte er. „Der Schnee schmilzt schon nicht in der halben Stunde."

„Na gut", gab ich mich geschlagen, da es mir dann doch zu kalt wurde.

Allerdings hielt ich es nicht lange am Tisch aus. Zu faszinierend war das kalte Weiß draußen. Oma reichte mir eine dicke Winterjacke und Stiefel und dann gab es kein Halten mehr. Ich machte Schneeengel mit meinen Eltern und baute ein Iglu mit Oma und Opa, tanzte durch die dicken Flocken, die ab Mittag wieder fielen und erfüllte mir meinen Wunsch, einen Schneemann zu bauen. Es wurde der schönste, den die Welt je gesehen hatte – mit schönen runden Kohleaugen, großer Möhrennase, blauem Schal und rotem Hut.

Als ich keine Energie mehr hatte, ließ ich mich lachend in einen Schneehaufen fallen und blieb einfach liegen. In diesem Moment war alles egal, ich war glücklich und spürte keine Schmerzen.

„Es gibt Essen, Neyla", rief meine Mutter aus dem Haus, als es begann, dunkel zu werden.

Immer noch mit einem Grinsen auf dem Gesicht stand ich auf, ging nach drinnen und zog mir trockene Sachen an, bevor ich mich zu meiner Familie setzte.

Nach dem Abendbrot wollte ich noch ein bisschen allein sein und nachdenken, also setzte ich mich in meine Winterjacke gekuschelt auf die Verandatreppe und schaute auf meine Schneekunst im Garten.

Auch wenn ich Deutschland mochte, vermisste ich doch meine Heimat. Dass ich Afrika wahrscheinlich nie wieder sehen würde, machte mich traurig. Ich liebte die Tiere dort und unsere kleine Hütte, die Feuerstelle vor dem Haus und meine Freunde.

Oma kam aus dem Haus und legte mir eine Decke um die Schultern.

„Ich bin so froh, dass du hier bist", sagte sie und drückte meinen Arm, dann ging sie wieder nach drinnen.

Ich schloss kurz die Augen und genoss diese absolute Stille, da der Schnee alle Geräusche schluckte. Als ich sie wieder öffnete, nahm ich hinter dem Iglu eine Bewegung war. Was war das? Da, schon wieder! Trotz Windstille bewegte sich der Schnee plötzlich und glitzerte im Licht, das aus dem Haus in den Garten fiel. Täuschte ich mich oder formte sich aus den Eiskristallen etwas? Ja, tatsächlich, da flitzte blitzschnell ein Häschen aus Schnee durch den Garten. Und was war das? Da stand ein glitzerndes weißes Reh ganz aus Eiskristallen neben meinem Schneemann und sah mich an. Langsam stand ich auf und ging zu dem wunderschönen Tier. Es blieb ganz ruhig stehen und folgte mir mit den Augen. Neugierig schnupperte es an der Hand, die ich ihm hinhielt, während das Häschen zwischen meinen Beinen hindurchflitzte. So schön, dachte ich, während mich meine Kraft verließ und ich zu Boden sank.

„Neyla!", gellte der Schrei meiner Mutter durch die Nacht. Das Reh und das Häschen verschwanden und zurück blieb undurchdringbare Dunkelheit.

Als ich die Augen wieder öffnete, lag ich in meinem Bett. Ich hatte keine Angst. Nicht mehr. Meine liebsten Menschen hatten sie mir genommen und mir viele magische Augenblicke beschert. Sie waren alle da. Meine Eltern, die sich immer wieder geräuschvoll schnäuzten, meine Großmutter, die meine Hand hielt und mein Großvater, der neben mir auf der Bettkante saß.

„Ich bin so stolz auf dich, Neyla", flüsterte er und gab mir einen Kuss auf die Stirn. „Und ich danke dir für diese tollen Momente, die ich mit dir erleben durfte."

Ich hatte keine Schmerzen mehr. Ich hatte keine Angst mehr. Hier bei Oma, Opa und meinen Eltern war ich sicher. Langsam hüllte Dunkelheit mich ein und ich verabschiedete mich innerlich von allen meinen Lieben – zum Sprechen war ich zu schwach. Und dann ging ich über die Brücke, die in ein sanftes goldenes Licht führte. Auf der anderen Seite wartete das Reh aus Eis auf mich, doch ich drehte mich noch ein letztes Mal um und sah meinen Opa winken. Ich winkte zurück. Dann wandte ich ihm den Rücken zu, begrüßte meinen neuen weißen Freund und machte mich auf den Weg.

Ich würde ihn – sie alle – wiedersehen. Irgendwann.

Iris Fritzsche

Der Frosch

Der Frosch im grünen Grase saß
und eine fette Fliege fraß.
Die Kröte, seine Nachbarin,
versteht nicht ganz der Eile Sinn.

Die Fliegen sind doch immer da,
was machst du dafür so`n Trara.
Frau Nachbarin, das hat zum Zweck,
der Winter kommt, da sind sie weg.

Der Winter kam, der Teich gefroren,
die Kröte starb, weil tiefgefroren.
Dem Frosch jedoch, weil er so weise,
schmolz nur das Bauchfett unterm Eise.

Jana Heidler

Die Geschichte vom kleinen Frost

Den ganzen Winter tobte sich der kleine Frost aus. Übermütig tollte er über die Lande und ließ alles in seinem Weg gefrieren. Man könnte meinen, er wäre ein böser Geselle, doch er war einfach noch sehr jung. Er mochte das Glitzern des Reifs und die Muster, die er kreierte und glaubte, das müsste allen gefallen, so schön wie die im Eis erstarrte Welt aussah. Dabei wusste er nicht, dass jene den Tod bedeuten konnte, und er blieb nie lange genug, um dies zu erfahren.

Als der Frühling kam, spürte der kleine Frost zum ersten Mal unangenehm warme Temperaturen. Mit deren Anstieg fühlte er zunehmende Schmerzen. Voller Furcht floh er immer weiter Richtung Norden, bis er den nördlichsten Punkt erreicht hatte. Er verstand nicht, wieso er vertrieben wurde, war er doch ein braver und glücklicher Junge gewesen. Aber nun war er traurig und verzweifelt, wusste nicht, wohin er noch gehen konnte. In der weißen Einöde des Nordens fühlte er sich einsam. Er weinte bitterlich und dachte, niemand würde seinen Kummer bemerken.

In diesem Punkt irrte er sich jedoch, denn auch den eisigen Wind hatte es, auf der Flucht vor dem Sommer, in ebendiese Gegend verschlagen. Der hörte das herzzerreißende Schluchzen des kleinen Frostes, flog dem Geräusch nach, bis er den Ursprung entdeckte, und sprach das Häufchen Elend an, das er fand: „Was weinst du so? Was ist dir geschehen?"

„Ich … ich bin ganz allein …", wimmerte der kleine Frost. „Unerträgliche Hitze hat mich aus meiner Heimat vertrieben …" Er schniefte und fuhr seufzend fort: „Und nun … nun bin ich hier in der Fremde … ganz alleine … und ich habe solche Angst!" Mit lautem Jammern beendete er seine Antwort.

„Du bist nicht allein", entgegnete der eisige Wind tröstend. „Alle Winterwesen kommen im Frühling hierher und warten, bis im Rest der Welt ihre Zeit wiederkommt." Er nahm den kleinen Frost an die Hand und führte ihn zu einem Dorf, das ganz aus Eis bestand. Die Schneekönigin ließ sanfte Schneeflocken darauf rieseln. Väterchen Frost malte Eisblumen an die Fenster, und viele andere Wintergeister tollten umher. Alle begrüßten den kleinen Frost, hießen ihn willkommen und zeigten ihm ihr Reich, das jetzt gleichsam sein Zuhause war.

Seither war er nie wieder einsam. Von seinen Verwandten lernte er alles über sich, seine Aufgaben und vor allem über seine Verant-wortung, die Natur in den Schlaf zu wiegen, dass sie später mit neuer Energie erwachen konnte. Auf diese Weise begriff er, was er war, welche Macht er besaß und wie er diese einsetzen musste. Er verstand, dass er seine Zeit hatte und wann jene für ihn vorüber war. Dann konnte er stets in seine nordische Heimat zurückkehren.

Sina Blackwood

Bärenstark

„Es wird heuer einen frühen Winter geben", murmelte Urs, mit Sorge die viel zu zeitig reifen Samenstände einiger Pflanzen betrachtend. Sein Blick schweifte über den Berghang, wo noch Heu in der Sonne trocknete und am nächsten Tag in die Scheune sollte, die schon zu drei Vierteln gefüllt war. Seinen Ziegen werde es zumindest an nichts fehlen. Er tätschelte einem Zicklein den Hals. Seine beiden Geißen hatten tatsächlich vier Junge zur Welt gebracht und der stolze Bock war ein gutmütiger Kerl, der sich sogar vor die Rutsche mit dem Heu spannen ließ. Allein hätte Urs Tage länger gebraucht. Dass er Karli, wie er den Bock nannte, mit Karotten bestach, stand auf einem ganz anderen Blatt.

Bevor die Wege unpassierbar wurden, wollte Urs noch einmal in der hübschen Kapelle des nächsten Ortes um Schutz für seine Tier und sich für den Winter bitten. Doch zuerst musste das letzte Heu eingebracht, die Kräuterbündel an die Balken gehängt und die Schüttel-brotfladen in die luftigen Regale geschichtet werden. Auch den selbst gemachten Ziegenkäse musste er ab und zu wenden. Die Brenn-holzstapel hinterm Haus reichten aus, die Wohnstube und den angrenzenden Stall einen langen Winter über mit Wärme zu versorgen.

Urs' Gedanken schweiften zu jenem Tag im vergangenen Jahr zurück, wo er einem Verletzten auf der anderen Seite des schmalen

Tales das Leben gerettet hatte. Es war nicht unbelohnt geblieben, denn ihm verdankte Urs die drei erwachsenen Ziegen, die ihn reichlich mit Lämmern beschenkten. Alles hatte sich seitdem geändert. Die Tiere ließen ihn die Einsamkeit vergessen und es machte Spaß, dafür zu sorgen, dass es ihnen gut ging.

Zur Kapelle war ein Zwei-Tages-Marsch, und bis er wieder zurück war, musste das Ziegengatter mit dem festen Unterstand Schutz für seine Tiere geben. Gras gab es noch zur Genüge und die kleine Quelle hinterm Haus sprudelte zuverlässig, wie sie es schon seit Jahrhunderten tat.

In Anbetracht der Lage, dass sich Urs in die Zivilisation begeben wollte, badete er ausgiebig, bändigte seine Mähne mit einem Gummi zum Pferdeschwanz und stutzte sogar seinen Bart, wobei er sich eines halb blinden Spiegels bediente, den er vor Jahren aus den Trümmern gezogen hatte. Kariertes Hemd und eine, für seine Begriffe fast neue Jeans, vervoll-kommneten das Bild. Als der Rucksack mit Proviant gepackt war, schaute er noch einmal nach den Ziegen, dann stieg er ins Tal hinab.

Obwohl er schon ewig nicht mehr hier gewesen war, grüßten ihn die Leute und er grüßte erfreut zurück. Sie hatten akzeptiert, dass er ihre Hilfe damals nicht annehmen, den Schmerz lieber allein verarbeiten wollte. Die Einladung zur Übernachtung bei einem alten

Freund seines Vaters lehnte er aber nicht ab. Und auch auf die Frage, ob er auf seinem Adlerhorst irgendetwas brauche, nickte er.

„Nägel, Schrauben, Muttern kann ich immer gebrauchen. Vielleicht schaffe ich mir irgendwann ein paar Hühner an. Da kann ich wenigstens einen festen Stall bauen."

„Wir stellen dir etwas zusammen. Wirst doch hoffentlich wieder bei uns schlafen, wenn du nach Hause gehst."

Urs sagte erfreut zu. Schön, wenn er sich um ein Dach überm Kopf für eine Nacht, keine Gedanken machen musste. Er erzählte, was ihm in den letzten Jahren widerfahren war, wobei er sich wunderte, dass die Sache mit dem Bruchpiloten nichts Neues hier im Tal war.

„Das hat in der Zeitung gestanden", lachte der alte Mann. „Wir sind alle mächtig stolz auf dich."

„Ach herrje!", murmelte Urs. „Hoffentlich setzt keine Pilgerei zu meinem Refugium ein!"

In der Nacht begann es zu schneien. Urs zog die Mütze über die Ohren, als er am Morgen weiterwanderte. In den Mittagsstunden erreichte er die Kapelle am Waldrand. Mehrere Nobelkarossen parkten zwischen den hohen Bäumen und Stimmengewirr erfüllte die Luft. Urs trat über die Schwelle, womit er in eine andere Welt eintauchte. Stille und sanfte Energien taten der Seele gut.

Urs trat vor den Altar, bekreuzigte sich, dann suchte er sich einen Platz, wo man ihn nicht sofort sehen konnte. Zuletzt war er hier gewesen, als sein zweitältester Bruder geheiratet hatte und damit hatten ihn die Erinnerungen wieder in ihren Bann geschlagen. Er stützte die Stirn auf die gefalteten Hände und hielt stumme Zwiesprache mit den geliebten Toten. Dass mehrere Personen hereinkamen und sich ebenfalls in die Bankreihen setzten, registrierte er nur wie durch eine Watteschicht.

Ungewohnte Geräusche ließen ihn und die anderen die Köpfe heben. Draußen bellte ein Hund wie toll. Er schien ein anderes Tier zu hetzen, denn das Gekläffe änderte ständig die Richtung. Laut polternd flog die Tür auf und ein kapitaler Hirsch sprang in den Altarraum. Einige Frauen flüchteten kreischend in die hinteren Reihen. Urs war sitzen geblieben, den wundervollen Hirsch mit großen Augen bestaunend. Der kam direkt auf ihn zu und betrachtete ihn, nervös tänzelnd, unschlüssig, was es als Nächstes tun solle.

Urs streckte die Hand aus. Er berührte die Nase des Hirsches, der wie gebannt stehen blieb. „Warte, ich bringe dich hinaus. Das ist kein Ort für dich", sprach er leise auf ihn ein. „Du gehörst in den Wald. Die Schutzengel, die dich hier hinein geführt haben, werden auch da draußen über dich wachen." Er wand sich aus der Sitzreihe, legte dem Hirsch eine Hand auf den Rücken, worauf dieser gehorsam mit zur Tür lief und wenig später mit schnellen Sprüngen im Wald verschwand. Urs ging wieder in die Kapelle zurück, wo man nun ihn wie ein Wundertier betrachtete.

„Er sieht verändert aus. Aber ich bin fast sicher, dass das Urs ist", hörte er es aufgeregt von der anderen Seite der Bänke flüstern und drehte sich erstaunt um.

Er sprang auf. Der dort saß, war jener Mann, den er im letzten Winter mehr tot als lebendig aus dem Schnee gezogen hatte. „Andreas! Schön, dich zu sehen! Wie geht es dir?"

„Blendend. Darf ich dir meine Schwester Mina vorstellen?"

Urs begrüßte die hübsche Brünette mit einem Handkuss. Er hatte sich Andres' Schwester völlig anders vorgestellt.

„Lass dich nicht täuschen", lachte Mina, die sich über das Mienenspiel des Mannes vom Berg köstlich amüsierte. „High Heels und Hochsteckfrisur sind nur Tarnung."

Dass sie es ernst meinte, bewies sie schon beim Essen, denn sie trafen sich mit Urs in einer bodenständigen Wirtschaft, wo Mina ebenfalls in karierter Bluse, Jeans und derben Wanderschuhen erschien. Das lange Haar hatte sie zu einem kunstvollen Zopf geflochten. Andreas brach über Urs' Staunen in schallendes Gelächter aus.

Natürlich kam die Sprache auch auf den Hirsch. Urs beteuerte immer wieder, das Tier vorher noch nie gesehen zu haben. Dass er schwer beeindruckt war, konnten die Geschwister deutlich sehen.

„Ich möchte gern mehr über dich und dein Leben mit der Natur erfahren. Darf ich dich auf deinen Berg begleiten?", fragte Mina am Ende des Abends. „Ich nehme auch ein Zelt mit, wenn kein Platz im Haus ist."

„Äh, ja, nein, doch ... ich weiß nicht", stotterte Urs, worüber Andreas erneut in Gelächter ausbrach.

Das enttäuschte Gesicht der jungen Frau rührte Urs schließlich doch mehr, als er zugegeben hätte. „Es sind zwei Tagesmärsche", versuchte er, zu erklären. „Die alte Straße ist verschüttet, es geht nur querfeldein. Und nachts ist es schon empfindlich kalt."

„Aber du würdest mich mitnehmen?"

„Ja, schon deinem Bruder zuliebe. Ich bin ihm unendlich dankbar für die Ziegen", erklärte Urs.

Andreas spendierte ihm eine Übernachtung, damit sich Mina mit allem Nötigen für die Wanderung eindecken konnte. Und so bekam Urs am nächsten Morgen riesengroße Augen. Mina war nicht nur schon um sechs Uhr putzmunter, sie trug gefütterte Hosen, Wollsocken in den Bergschuhen und einen wasserfesten Rucksack voller nützlicher Dinge.

„Pass gut auf sie auf", bat Andreas mit einem fröhlichen Blinzeln und Urs versprach es ihm in die Hand.

Er tauschte mit Mina den Rucksack, weil seiner noch fast leer war. Erst am nächsten Tag werde sie ihn allein tragen müssen. Andreas sah ihnen lange hinterher. Am Ende bekam Mina doch immer, was sie wollte.

Die drehte sich unterwegs mehrmals um.

„Was hast du?", fragte Urs schließlich.

„Ich fühle mich beobachtet", flüsterte sie. „Irgendwas schleicht um uns herum."

Urs hatte nichts bemerkt, in seinem Kopf kreisten die Gedanken. Minas Anwesenheit hatte ihn völlig aus dem Konzept gebracht. Nun lauschte er mit geschlossenen Augen.

„Du hast Recht", pflichtete er ihr bei. „Wir werden wirklich belauert. Ich habe es mehrmals im trockenen Gras rascheln hören. Da!"

„Was ist das?", raunte Mina. „Ein Wolf?"

„Unwahrscheinlich", gab Urs leise zurück. „Locken wir es doch einfach an." Er zog ein Stück Brot aus der Tasche, brach ein wenig ab und warf es dem Tier zu.

„Ach du großer Gott", rief Mina, als ein völlig ausgemergelter verwahrloster Schäferhund-Mix auftauchte und die unverhoffte Gabe eilig verschlang. „Der braucht Hilfe", erkannte sie mit einem Blick.

„Scheint so", murmelte Urs, der Jammergestalt noch ein Bröckchen hinwerfend. „Würde mich nicht wundern, wenn der gestern den Hirsch gehetzt hätte. Junge, du siehst furchtbar aus!" Er hockte sich hin und hielt dem Hund den Rest des Brotes entgegen.

Mina wagte kaum, zu atmen, als dieser mit eingekniffenem Schwanz heranschlich und Urs ganz vorsichtig das Brot aus der Hand zupfte. Von da an folgte er ihnen mit wenigen Schritten Abstand. Trotzdem konnte Urs sein Versprechen einhalten, den Freund des Vaters noch einmal zu besuchen und seine Eisenwaren abzuholen. Sie lockten den Hund, den sie Struppi nannten, mit etwas Fleisch in den Garten und schlossen die Tür. Struppi bekam einen Platz im Schuppen, einen Knochen und einen Wassernapf. Ihm wäre es im Traum nicht eingefallen, einfach zu verschwinden.

Durch den Freund des Vaters erfuhr Urs auch erst, mit wem er reiste. Als Mina den Finger vor den Mund hielt, war es bereits zu spät.

„So, so ... Millionenerbin." Urs betrachtete lange Minas Gesicht. Es strahlte Lebensfreude und wohltuende Ehrlichkeit aus.

„Kannst du diese Informationen nicht ganz einfach vergessen?", bat sie.

„Ich versuche es", versprach er.

Als sie morgens weiterwandern wollten, begrüßte sie Struppi mit wildem Schwanzwedeln. Er ließ sich sogar streicheln. Ein paar Bröckchen Futter besiegelten endgültig, dass er mit ihnen, ohne zögern, überallhin gehen werde.

„Wir sollten Futter kaufen", schlug Mina vor.

Urs überrechnete seine Barschaften und schüttelte traurig den Kopf. Mina winkte ab.

„Ich bin in einer halben Stunde zurück", erklärte sie, nur ihre Geldbörse mitnehmend.

Struppi hockte mit Urs auf einer Bank und passte auf Minas Rucksack auf. Die Zeit war bereits abgelaufen. Urs begann sich Sorgen zu machen, als Mina mit einem Esel, der links und rechts einen Packsack trug, erschien.

„Du hast doch bestimmt noch Platz im Stall", lachte sie. „Sag Hallo zu deinem neuen Haustier."

„Du bist verrückt!", rutschte es Urs heraus, der zu träumen glaubte.

Mina lachte ausgelassen. „Dachtest du, dass ich das Futter schleppe? Oder Struppi? Dem armen Kerl bläst doch fast der Wind durch die Rippen. Na kommt schon, ihr beiden. Wir haben einen langen Weg." Sie huckte sich ihren Rucksack auf, streichelte die beiden Vierbeiner, blinzelte Urs zu, nahm die Leine des Esels und zog los. Struppi schloss sich sofort an. Urs beeilte sich, die Spitze des Zuges zu übernehmen.

Als die ersten Sterne funkelten, erreichten sie das einsame Häuschen am Berg. Gemeinsam versorgten sie die Tiere, ehe sie verschnauften. Mina zauberte eine Flasche Wein und Schinken aus einem der Packsäcke hervor. Urs holte Brot und so saßen sie die halbe Nacht beisammen und erzählten. Am Morgen schlug plötzlich das Wetter um. Sturm kam auf, es schneite ohne Unterlass und die Temperaturen gingen weit in den Keller. Zwei Tage später war die Berghütte restlos eingeschneit. Mina nahm die Kunde, dass sie nun praktisch hier gefangen war, mit stoischer Ruhe entgegen.

„Der liebe Gott wird schon wissen, was er tut", sagte sie mit gleichmütigem Schulterzucken. „Ich bin nicht böse, wenn ich hier bleiben muss."

Urs rieb sich die Hände. „Und ich freue mich von ganzem Herzen."

Das „Wuff" von Struppi sollte wohl das Gleiche bedeuten.

„Nur dein Bruder wird sich Sorgen machen ..."

„Ich schreibe ihm jetzt eine Nachricht", blinzelte Mina. „Dann packe ich das Handy sofort wieder weg."

Eine Antwort kam im Bruchteil von Sekunden.

„Und?", fragte Urs.

„Er meint, ich hätte einen bärenstarken Mann an meiner Seite, da müsste der Winter auf dem Berg doch ein Vergnügen sein."

„Vergnügen klingt gut!" Urs zog Mina an seine Brust, die das nur zu gern geschehen ließ.

Dann saßen sie mit Struppi am Fenster und schauten dem immer dichter werdenden Schneetreiben zu. Am Abend klarte es auf. Millionen

Sterne funkelten am samtschwarzen Himmel. Urs erzählte, wie es früher einmal gewesen war, und dass er davon träume, die Wege zu beräumen und auf seiner Alm Wanderer zu beherbergen.

„Vielleicht brauchst du ja eine Magd? Ich würde mich gern bei dir verdingen", erklärte Mina.

„Magd??? Bist du von allen guten Geistern verlassen? Wenn du hierbleibst, dann als Bärin an meiner Seite", rief Urs.

Mina kuschelte sich an. „Darüber lässt sich reden."

Dass in diesem Moment eine einsame Sternschnuppe ihre Bahn zur Erde zog, ließ beider Augen freudig funkeln.

„Bärenstark", sagten sie völlig synchron und es war klar, dass Urs' Wünsche gute Chancen hatten, schnell wahr zu werden.

Er strahlte über das ganze Gesicht. „Winter ist was Feines!"

Was er damit meinte, war Mina sonnenklar. „Dein gutes Herz ist schuld, dass dein ganzes Leben umgekrempelt ist, weil du einen Verrückten aus dem Schnee gepult hast", schmunzelte sie.

„Auf alle Fälle graben wir beide uns hier für ein paar Monate im Schnee ein, bauen ein bisschen das Haus und den Stall um, päppeln Struppi auf und genießen zum Feierabend die weiße Pracht, wenn alle Tiere versorgt sind", freute sich Urs. „Ich glaube, ich wiederhole mich, aber Winter ist was Feines."

Sina Blackwood 2017

Matthias Albrecht

Die Schneekugel

In meiner Kinderzeit waren Schneekugeln so populär, wie es seinerzeit Hula-Hoop-Reifen waren. Die Reifen sind noch erhältlich, wenn man auch in der Öffentlichkeit kein Kind mehr damit hantieren sieht.

Auch die Schneekugeln sind nicht von der Bildfläche verschwunden; es gibt sie in allen möglichen Varianten. Kinder im Vorschulalter mögen sich noch immer daran erfreuen. Die größeren sitzen wohl lieber vor dem Computer, als sich einem so gewöhnlichen Ding wie einer Schneekugel zu widmen. Das mag auch der Grund sein, weshalb man kein Kind mehr im Freien spielen sieht, das älter als sechs Jahre ist. Die Spielplätze in den Hinterhöfen und Parkanlagen sind verwaist und vermögen auch bei strahlendem Sonnenschein weder Mädchen noch Jungen von ihrem Computerspiel oder Surfen im Internet wegzulocken.

Doch zurück zum Titel meiner Geschichte: Die moderne Erscheinungsform ist zumeist keine Kugel im wörtlichen Sinne. Eher eine Halbkugel aus durchsichtigem Kunststoff, welche bis oben hin mit einer klaren oder gefärbten Flüssigkeit gefüllt ist und eine Miniaturlandschaft beherbergt sowie jede Menge winziger Plastikflocken, die emsig durcheinanderwirbeln, wenn man das Ganze kräftig schüttelt. Stellt man die Halbkugel dann auf den Tisch, kommt das Schneegestöber nach und nach zur Ruhe, bis die weiße Pracht wieder das Innenleben bedeckt.

Ich hatte drei dieser Kugeln, und an eine erinnere ich mich besonders genau. Ihr Inneres war einer typischen Winterlandschaft nachempfunden: Im Hintergrund halbkreisförmig tief verschneiter Wald. Davor auf einer Lichtung drei Kinder, die einen Schneemann bauen. Ein schöner und typischer Schneemann: Unten große, darüber mittlere, oben kleine Kugel. Möhrennase. Zwei runde Kohlen als Augen, drei als Knöpfe. Eine Reihe noch winzigere, die den lächelnden Mund formen. In der stilisierten, stumpfähnlichen Rechten hält er einen Wanderstab in Form eines kleinen Asts; die linke streckt eine Schale empor, auf welcher Vogelfutter ausgelegt ist.

Die Kinder – ein Mädchen und zwei Jungen – in dicke Jacken, Winterstiefel, Mützen und lange Schals gemummelt, freuen sich angesichts ihres Kunstwerks. Man sieht es an ihren Gesichtern. Sie lachen, sind zufrieden mit dem Wintertag. Sie haben etwas erschaffen, das Bestand hat, solange Frost herrscht. Das kann noch Wochen oder auch Monate dauern. Spätestens jedoch bis zum Frühjahr, welches das Eis schmelzen und den Schneemann zu einem unförmigen Klumpen schmutzig-weißer, nasser Masse werden lässt. Es ist das ewige Werden und Vergehen auf der Welt: Das Frühjahr macht die vergänglichen Werke des Winters zunichte; der

Frost der späten Monate und emsige Hände lassen sie wiederauferstehen. Ein immerwährender Kreislauf. Solange sich jemand findet, der sich der Tradition verpflichtet fühlt. Oder einfach nur Spaß daran hat.

Die Kinder in der Schneekugel bewahrten sie mit ihrem Schneemann. In dem kleinen Halbrund sollte er auf ewig konserviert bleiben. Wie auf einem dreidimensionalen Foto. Bis eines Tages …

… mir meine Lieblingsschneekugel aus den Händen glitt.

Noch während des Fallens stand ich starr. Ich glaubte, sie würde in tausend Teile zerbersten und das Wasser auslaufen. Doch sie überlebte. Auch ihr Inneres. Mit einer Einschränkung: Der Schneemann hatte sich vom Untergrund gelöst. Nun lag er hilflos am Boden.

Ich war todunglücklich. Meine Mutter versuchte mich zu trösten. Sie meinte, es käme zuweilen vor, dass ein Schneemann umfiele und dann von den Kindern wieder aufgebaut werden müsse. Ich hätte nun das große Glück, eine Schneekugel zu besitzen, die solch ein Bild zeigte. Das gäbe es wohl nicht ein zweites Mal.

Im Alter von acht Jahren war mir dies ein schwacher Trost. Ich wollte keine Kugel haben, in welcher ein Schneemann auf dem Rücken lag wie ein gefällter Baum. Und der obendrein ziellos mit den Flocken herumwirbelte, wenn ich die Kugel schüttelte.

Ich fragte Vati um Rat, doch der zuckte nur mit den Schultern. Leider könne man, so erklärte er mir, die Schneekugel nicht öffnen, ohne sie vollends zu zerstören. Also sollte ich Mutti glauben und mich mit der Idee anfreunden, etwas Außergewöhnliches zu besitzen.

Meine Begeisterung hielt sich in Grenzen, und in der darauf folgenden Nacht beschäftigte sich mein Unterbewusstsein mit dem Unglück, das dem Schneemann widerfahren war. Mir träumte, ich sei ein Teil dieser Schneekugelwelt und stünde mit Carmen, Tobias und Paul – so hießen die drei Kinder in meiner Fantasie – entsetzt um den gerade zu Boden gegangenen Schneemann herum.

„Die ganze Arbeit umsonst", jammerte Carmen. Ein paar Tränen rollten ihr über die geröteten Wangen.

„Nicht schlimm", sagte Tobias und klopfte der Kleinen tröstend auf die Schulter. „Wir bauen ihn einfach wieder auf!"

„Toll", knurrte Paul. „Und wenn er dann erneut umfällt?"

„Er fällt nicht wieder um. Wir müssen die untere Kugel nur besser machen."

„Wie denn besser?", schluchzte Carmen.

„Na dicker eben."

„War doch schon dick genug", schniefte Paul. „Wir haben sie kaum noch vom Fleck gekriegt am Ende."

„Sie ist unten einfach zu rund", sagte ich.

„Zu rund?", fragte Paul und sah mich kopfschüttelnd an.

„Ja. Da fällt er halt um wie 'n gekochtes Ei, das du auf den Tisch stellen willst."

„Aber wenn wir die Kugel rollen, wird sie nun mal rund!"

„Dann müssen wir eben unten genug Schnee dranmachen, dass sie nicht wegrollen kann."

„Klar", lachte Tobias. „Das sieht dann so aus, als ob der Schneemann 'n Rock anhat. Ich wollte aber keine Schneefrau bauen."

„Wieso denn nicht?" Carmens Tränen waren versiegt. „Ist doch mal was anderes. Immer nur Schneemänner ist doch langweilig."

„Und wie sollen wir das mit den ..." Paul deutete mit beiden Händen an seine Brust. „... den Dingern da hinkriegen, die 'ne Frau nun mal hat?"

„Den Dingern?", fragte ich.

„Mann, du weißt schon. Deine Mutter hat doch auch welche."

„Oh, die Dinger. Die pappen wir ihm – also ihr – einfach dran."

„Die fallen doch wieder ab."

„Da müssen wir die Quarktaschen eben nicht so groß machen."

„Die – was?", fragte Carmen.

„Sagt mein großer Bruder immer dazu."

„Mann, Christian!" Carmen stampfte mit dem Fuß auf. „Erstens sagt man so was nicht. Das heißt Brüste. Und zweitens hab ich ja auch keine und bin doch auch kein Mann und trag 'n Kleid."

„Bist ja auch noch 'n Mädchen", lachte Tobias. „Aber 'n Schneemädchen bau ich erst recht nicht. Bin doch kein Weichei."

Carmen zog eine Schnute und wollte eine gepfefferte Antwort geben, doch ich kam ihr zuvor: „Wir brauchen ja nur ein bisschen Schnee um die Kugel rum machen. Das sieht dann nicht aus wie 'n Rock. Und vorn kriegt er noch zwei Kullern als Füße. Dann fällt er bestimmt nicht wieder um."

Nach einigem Hin und Her wurde mein Vorschlag angenommen, und noch bevor die Dämmerung einbrach, war der Schneemann fertig und strahlte in alter Pracht. Wir betrachteten stolz unser Werk.

„Irgendwas fehlt", sagte Paul.

„Was denn?"

„Ich weiß nicht. Er sieht oben so kahl aus."

„Dein Opa sieht oben auch kahl aus", kicherte Carmen. „Unsrer ist eben 'n Großvaterschneemann."

„Mein Opa trägt aber 'nen Hut, wenn 's kalt ist."

„Dann kriegt der hier auch 'n Hut!", rief ich und setzte der weißen Gestalt meine dunkelgrüne Wintermütze mit der gelben Bommel auf. „Die muss ich ihm aber nachher wieder wegnehmen, sonst gibt's 'n Donnerwetter zu Hause."

„Jetzt sieht er aus wie du", lachte Carmen.

„Spinnst du? Ich bin ja wohl kaum so dick!"

„Jetzt noch nicht", grinste Paul.

„Na warte!" Ich bückte mich und griff mit beiden Händen in die weiße Pracht zu meinen Füßen, um einen Schneeball zu formen. Zu einer regelrechten Schlacht sollte es indes nicht mehr kommen. Kurz zuvor wurde ich wach.

Was für ein Traum! So realistisch wie selten einer. Ich erzählte ihn Mutti während des Frühstücks. Sie lachte und war sichtlich froh, dass ich mein Missgeschick auf diese Weise verarbeitete.

„Da kannst du mal sehen", sagte sie, „dass nichts so heiß gegessen wird, wie es zuvor gekocht wurde."

Ich konnte mit dieser Phrase nicht viel anfangen und ging in mein Zimmer, um meine Schultasche zu holen. Dabei fiel mein Blick auf die unglückselige Schneekugel. Ich stand wie erstarrt. Die Knie wurden mir weich.

„Mutti! Muttiiiii!"

Meine Mutter kam aus der Küche angefegt.

„Um Himmels Willen, was ist denn?"

Ich deutete stumm mit ausgesteckter, zitternder Hand auf die Schneekugel.

„Großer Gott!" Das war alles, was Mutter von sich gab. Sie näherte sich der Kugel, nahm sie aus dem Regal und betrachtete sie mit unverhohlenem Staunen.

„Wie hast du das gemacht, Christian?"

„Ich hab gar nix gemacht!"

„Aber der Schneemann! Der stellt sich doch nicht von allein wieder auf. Hat Papa was damit zu tun?"

„Ich – ich weiß nicht …"

Wie sich am späten Nachmittag herausstellte, war Vati völlig ahnungslos. Er konnte sich das Wunder ebenfalls nicht erklären. Mutti erzählte ihm von meinem Traum. Wider Erwarten meinerseits lachte er nicht. Er schüttelte nur den Kopf. Dann schloss er die Augen, legte den Kopf in den Nacken und linste mich mit zugekniffenem linkem Auge an.

„Ihr wollt mich an der Nase herum führen, wie? Raus mit der Sprache: Wer hat die Kugel repariert?"

„Gar keiner", rief ich. „Ich hab's geträumt, und jetzt ist 's wahr!"

„Könntest mal von was Handfesterem träumen, Christian."

„Von was denn da?"

„Na, von 'nem Sechser im Lotto beispielsweise. Mit Zusatzzahl und hoher Quote natürlich." Damit ging er schmunzelnd aus dem Zimmer.

„Mal ehrlich, Chrischi", sagte Mutti. „Kannst du dir das erklären?"

„Schüttle doch mal die Kugel", sagte ich. „Und stell sie danach wieder hin."

Sie tat es. Der Schneemann stand unverrückbar fest.

„Aber – das ist ja nicht möglich!" Sie betrachtete sich das Wunder zum wiederholten Male aus nächster Nähe.

„Christian!", rief sie schrill.

Ich zuckte zusammen.

„Was denn?"

„Siehst du nichts? Die Mütze. Die Mütze, die der Schneemann auf dem Kopf hat. Die sieht aus wie …"

Jetzt sah ich es auch. Das war meine Mütze aus dem Traum.

„Das ist völliger Irrsinn", rief Mutti aus. „Er hatte doch zuvor keine Mütze auf. Und nun gar eine solche, wie ich sie für dich zum …"

„Aber ich – ich hab dir doch von meinem Traum …"

„Christian! Bring mich nicht um den Verstand!" Mutti klang sehr genervt. „Junge, ich halte vieles für möglich, aber das hier …"

Sie unterbrach sich spontan, machte große Augen, als käme ihr eine Idee, atmete tief aus und stürzte aus dem Raum. Ich starrte ihr beklommen nach.

Wenig später kam sie wieder herein. Sie trug eine Papiertüte in der Hand, angelte etwas daraus hervor und hielt es mir vor die Nase.

„Die Mütze", rief ich aus. „Die Bommelmütze!"

„Ich habe sie gestern gekauft und im Auto gelassen", sagte Mutti. „Du solltest sie übermorgen zum Geburtstag bekommen." Sie schluckte und schwieg.

„Und wieso hat dann der Schneemann genau dieselbe …"

„Ich weiß es nicht", sagte Mutti, und ihre Stimme zitterte. „Ich weiß es wirklich nicht."

Wir starrten beide die Schneekugel an und machten noch eine Entdeckung, die uns ein Frösteln über die Rücken rieseln ließ: Jetzt scharten sich vier Kinder um ihren Schneemann, der auch nach wiederholtem Schütteln unverrückbar stand: Carmen, Tobias, Paul und – ich.

Jacqueline Zöllner

Weihnachtswunder

Sie kannte die harten Bedingungen der Straße nun schon seit vielen Jahren. Genauer gesagt, war sie hier geboren. Sie kannte die Hektik der Menschen, die vielen lauten Geräusche der Autos und die Kälte, wenn es auf die Wintermonate zuging.

Durch die vielen Jahre auf der Straße wusste sie, was Weihnachten bedeutete, freute sich, wenn die Menschen große Tannenbäume aufstellten, Schneemänner bauten und ihre Häuser schmückten. Natürlich glaubte sie auch an den Weihnachtsmann, auch wenn er ihr noch nie begegnet war. Trotzdem wünschte sie sich jedes Jahr, dass sie endlich ein Zuhause finden würde. Es war ihr einziger Wunsch, aber jedes Jahr wurde sie aufs Neue enttäuscht. An Aufgeben dachte sie allerdings nicht. Vor allem nicht dieses Jahr. Denn jetzt trug sie nicht nur die Verantwortung für sich selbst, sondern auch für ihren ungeborenen Nachwuchs.

Ziellos huschte sie durch die Gassen und suchte nach essbaren Dingen, mit denen sie ihren quälenden Hunger stillen konnte. Aber das Einzige, das sie fand, waren schon abgenagte Knochen dreier Hühnerbeine. Traurig zog sie weiter, als der Wind plötzlich auffrischte und es anfing zu schneien. Sie musste sich dringend nach einem warmen Unterschlupf umsehen.

Mit einem Mal begann eines der Babys in ihrem Bauch zu treten. Sie gab einen Schmerzenslaut von sich und krümmte sich kurz zusammen. Als das Kind sich wieder beruhigt hatte, lief sie schnell weiter. Sie musste sich beeilen.

Zuerst versuchte sie es hinter ein paar Müllcontainern, doch der Wind wehte den Schnee selbst in die hinterste Ecke, sodass sie hier nicht bleiben konnte. Auch unter den geschmückten Tannenbäumen war es nicht viel besser. Dann begann sie wahllos an Haustüren zu kratzen, doch die meisten Menschen öffneten entweder gar nicht oder hatten nicht viel für sie übrig. Von einem jungen Mann bekam sie sogar einen Stoß und wäre um ein Haar die Treppe heruntergefallen. Traurig ließ sie den Kopf hängen und kroch zitternd unter eine Hecke.

Lilly saß am Esstisch im Wohnzimmer und malte lustlos. Ihre Mutter stand in der angrenzenden Küche und kochte.

„Mami", sagte die Achtjährige und legte ihren Stift weg, „Wann kommt Papa?"

Die Mutter kontrollierte, dass nichts anbrennen konnte und drehte sich zu ihrer Tochter um.

„Ach, Schatz", meinte sie und sah Lilly liebevoll an, „Papa hat heute ganz viel auf Arbeit zu tun, deshalb kann er leider nicht kommen. Aber er hat versprochen, dass er uns bald besuchen wird."

Sie drehte sich wieder um und rührte in einem der Töpfe. Die Scheidung hatte Lilly wirklich mitgenommen. Aber dass ihr Ex-Mann nun nicht mal zu Weihnachten seine Tochter sehen wollte, das war wirklich … Sie fand keine Worte dafür. Stattdessen saß er jetzt wahrscheinlich mit seiner neuen Flamme und ihren beiden Söhnen zusammen am Tisch, aß gefüllte Gans und erzählte fröhlich von seinem Tag, ohne einen Gedanken an Lilly zu verschwenden.

Doch das Schlimmste war, dass sie nicht einmal das Geld hatte, ihrer Tochter den Wunsch nach einem Haustier zu erfüllen. Stattdessen hatte sie Lilly einen billigen Stoffhund als Ersatz gekauft. Inständig hoffte sie, dass wenigstens Lillys Vater doch noch auftauchen würde.

„Nanu, wer bist denn du?", sagte mit einem Mal jemand neben ihr. Schwach öffnete sie die Augen, hob den Kopf und sah in ein freundliches Gesicht. Ein Mann mit weißem Bart und rotem Mantel beugte sich zu ihr herab und sah unter die Hecke.

Konnte das wirklich wahr sein? Blickte sie gerade wirklich dem Weihnachtsmann ins Gesicht? Oder hatte die Kälte ihr schon den Tod gebracht?

„Na, komm her, du kleines Kätzchen", meinte er sanft und hob sie hoch. Sie war viel zu erschöpft und zu erstaunt, als dass sie sich wehren konnte.

Er zog eine kleine rote Decke aus der Tasche und wickelte sie darin ein. Dann drückte er sie an sich.

Schön warm, dachte sie und schloss die Augen.

Erst als sie auf einem Dach standen und der Wind ihr um die Ohren pfiff, wurde sie wieder munter. Es war inzwischen dunkel geworden und die meisten Menschen waren schlafen gegangen. Leise schlüpfte der Weihnachtsmann durch den Kamin in das Haus.

„So meine Kleine", sagte er und setzte sie ab, „Hier wird sich jemand ganz sehr über dich freuen. Sie heißt Lilly und wünscht sich eine Freundin." Er zwinkerte ihr zu und packte noch ein paar Geschenke aus seinem riesigen Sack aus, die er unter den Weihnachtsbaum legte. Anschließend stellte er ihr eine Schüssel Wasser und einen vollen Futternapf hin.

Gierig machte sie sich darüber her. Als sie fertig war, wollte sie sich noch bedanken, doch der Weihnachtsmann war schon weitergezogen. Daher schickte sie ihm nur gedanklich ein *Dankeschön*.

Plötzlich fingen die Babys wieder an, unruhig zu werden und sie wusste, dass es jetzt an der Zeit war. Zum Glück fand sie unter dem Baum eine kleine, kuschelige Decke. Zwar lag daneben noch ein Brief, doch das störte sie nicht. Sie zog sich zurück und wartete.

Am nächsten Morgen wurde sie von glücklichem Kinderlachen geweckt. Als sie die Augen öffnete, sah sie ein kleines Mädchen, das am Fuße der Treppe stand und sie ansah.

„Mama, Mama, komm schnell", rief sie. Sofort kam eine Frau die Treppe heruntergerannt.

„Was ist denn, mein Schatz?", rief diese besorgt und bekam dann große Augen, als sie die Katzenmama und ihre zwei Babys entdeckte.

„Der Weihnachtsmann hat mir eine Katze gebracht!", rief das Mädchen aufgeregt und kam auf sie zu gerannt. „Ich werde sie Kitty nennen."

Das Kätzchen hob den Kopf. *Kitty,* dachte sie, *das gefällt mir.* Sie spürte, dass das Mädchen ihr nichts Böses wollte und ließ es gewähren, als es sie und ihre Babys streichelte.

Ihre Mutter kam langsam näher. „Nicht nur eine", murmelte sie. Sie freute sich über die Katze und ihre glückliche Tochter, doch kamen ihr auch Fragen. Wie kam die Katze hierher? Und die vielen anderen Geschenke? War ihr Ex-Mann in der Nacht gekommen? Oder gab es den Weihnachtsmann vielleicht doch? Und wie sollte sie die Katzen ernähren, wenn sie gerade mal genug Geld für sich selbst hatten?

„Lilly", sagte sie, „Nun pack doch erst einmal die anderen Geschenke aus und lass der Katze ein bisschen Ruhe."

Sofort machte sich ihre Tochter daran, ein Päckchen nach dem anderen auszupacken. Zum Vorschein kamen alle Sachen, die man für die

Pflege von Katzen brauchte. Futter, das für mehrere Monate reichte, ein Kratzbaum, Decken, und vieles mehr. Die Familie kam aus dem Staunen gar nicht mehr heraus.

Nur den Brief übersahen sie wohl. Also gab die Katzenmama ein lautes Miauen von sich, um die Mutter darauf aufmerksam zu machen.

„Was hast du?", fragte sie. Kitty streckte sich und stupste mit der Nase gegen das Papier.

„Nanu? Was ist denn das?", murmelte die Mutter, nahm den Brief und öffnete ihn.

Liebe Familie,
ich habe diese kleine Katzenmama auf der Straße gefunden – halb erfroren und verhungert.
Kümmert Euch gut um sie, denn sie wird Eure Hilfe benötigen.
Mit den Sachen, solltet Ihr sie und ihre Babys eine Weile versorgen können, bis sie wieder selbst Mäuse fangen kann.
Frohe Weihnachten!
Euer Weihnachtsmann

Als sie den Brief gelesen hatte, kniete sie sich neben Kitty und ihre Jungen und strich zärtlich über ihr Fell. Liebevoll und mit Tränen in den Augen sah sie sie an.

„Es wird alles gut werden", flüsterte sie, glücklich darüber, dass ihre Tochter nun doch ihren Herzenswunsch erfüllt bekommen hatte.

Michael Gimmel

ES

Es fühlte sich bedrängt – das heißt, wenn **Es** etwas hätte fühlen können. **Es** besaß keine speziellen Rezeptoren, um besondere Reize aus der Umwelt aufzunehmen und keine Effektoren, um gezielt auf derartige Reize zu reagieren. Dennoch wirkte seine Umwelt auf **Es** ein und notgedrungen wirkte **Es** auf seine Umwelt zurück. Und jetzt hatte sich die Umwelt verändert.

Es gab unter Wissenschaftlern viele verschiedene Ansätze, **Sein** Wesen zu erklären. Alle waren sie umstritten und ihre Urheber warfen sich gegenseitig Ignoranz vor, um der eigenen Interpretation Gewicht zu verleihen. Sie bemühten komplizierte wissenschaftliche Theorien, um **Sein** Wesen zu beschreiben und für die Erkenntnisfähigkeit des Menschen fassbar zu machen. Oder sie verstiegen sich in esoterische, mystische Sphären, in denen alle von menschlichem Verstand aufgeworfenen Widersprüche kurzerhand durch transzendente und per se nicht erkennbare aber wirkmächtige Kräfte zu Bedeutungslosigkeit zermahlen wurden. **Es** selbst wusste nicht was **Es** war und wie es **Sich** sich selbst erklären sollte. **Es** scherte sich auch nicht darum. **Es** war einfach. Das genügte.

Um es uns auf den nächsten Seiten etwas einfacher zu machen, wollen wir von **Ihm** so sprechen, als ob **Es** fühlte und dachte, Absich-

ten hegte und sich auf ein Ziel zu bewegte –
auch wenn wir wissen, dass dem nicht so ist.

Nun hatte **Es** schon so lange existiert und war
eins mit **Sich** gewesen. Man könnte meinen, **Es**
hätte einen Zustand vollständiger Ausgeglichen-
heit erreicht, völligen Aufgehens im großen
kosmischen Ganzen. In manchen Religionen
nannte man diesen Zustand wohl „Nirvana", in
anderen Religionen, die sich selbst um keinen
Preis als solche sehen wollten, nannte man ihn
vielleicht … „Quantenschaum". Dabei war **Es**
überall und nirgends zugleich. **Es** hatte sein
Gefühl für die eigene Präsenz auf unendliche
Weiten ausgedehnt und gleichzeitig auf winzige,
besondere Punkte konzentriert und sich immer
wieder an der Interaktion mit dem **Es**
umgebenden Raum und anderen Wesenheiten,
die ihm irgendwie ähnlich zu sein schienen,
erfreut. **Sein** vorherrschender Zustand und
zugleich der der höchsten Wonne (denken wir
immer daran, dass uns diese menschlichen
Begriffe nur ein Hilfsmittel sind und nicht
wirklich beschreiben was **Es** war, nicht wirklich
beschreiben, was nicht beschreibbar ist), dieser
Zustand also war der der Verschränktheit. Nicht
der der Beschränktheit – das trifft nur auf die
Fantasie mancher Leser zu – sondern der
Verschränktheit mit anderen Zuständen **Seiner**
selbst, „Inkarnationen" nannten es die einen,
„nichtlokale Repräsentationen" die andern.

Dadurch gab es für **Es** keine Zukunft oder Vergangenheit. Alles war zugleich, seien es drei Dimensionen oder elf. Doch nun wirklich genug mit dem Streit der Weltanschauungen. Erfreuen wir uns an dem was ist!

Kälte war **Sein** Urgefühl. Sie erinnerte **Es** an den Beginn. Kälte war flach. Hitze war steil. Kälte war wie Rückkehr zu den eigenen Wurzeln, wie Heimkehr und Erholung. Hitze dagegen war Aufbruch, Abenteuer, war spannende Begegnung. In der Hitze wurde **Es** lebhaft, ja übermütig. Es gab Orte im All, an denen sich die Hitze besonders konzentrierte. Dort verwandelte **Es** sich in andere Wesenheiten und unternahm abenteuerliche Eskapaden um zu **Seinem** eigentlichen Zustand zurückzukehren. Mitunter blieben Teile **Seiner** selbst in diesen anderen Zuständen gefangen. **Es** wusste nicht, wie **Es** diese Teile wieder zurückverwandeln könnte und betrachtete sie voller Verwunderung aber auch Freude – wie ein Kind, das sich zum ersten Mal im Spiegel sieht. Und **Es** spielte mit diesen Teilen, probierte alle möglichen Interaktion aus. Eigentlich spielte **Es** dabei ja mit sich selbst. Auch das tat **Es** wie ein kleines Kind und zugleich mit einem umfassenden Wissen, das über die Existenz der Zeit hinausging. So war **Es** sowohl notwendige Voraussetzung für die Existenz der Menschen, die manchmal tiefgründig über **Es** nachdachten und sich ein andermal genauso spielerisch und sorglos an seinen Erscheinungsformen erfreuten wie **Es** selbst. **Es** wurde zum wichtigsten Teil des Menschen, ja man kann sagen, **Es** war Mensch, wenn man in Betracht zog, dass **Es** sich gerade durch sein Spiel mit seinen anderen Wesenheiten im Menschen manifestierte. Aber **Es** war aber auch das unverzichtbare Umfeld, das der Mensch benötigte, das erst seine Existenz ermöglichte.

Es spürte also so etwas wie Enge. Das war vorher noch nicht so gewesen. Es hatte sich im unendlichen Kosmos einen Punkt ausgewählt, an dem **Es** aus seiner trägen ewigen Ruhe erwachen und zu angenehmer Aktion übergehen konnte. Einen Punkt, an dem sich solche zurückgebliebenen Teile **Seiner** selbst angehäuft hatten, die zu jedweder Kreativität animierten. Nein, nicht einen dieser besonders heißen Orte, an denen **Es** sich buchstäblich die (nicht vorhandenen) Finger verbrannte. Oh ja, diese Orte waren faszinierend und **Es** wurde magisch von ihnen angezogen – gegen seinen Willen, wenn **Es** denn überhaupt einen Willen gehabt hätte. Menschen hätten jetzt gesagt, wie Motten vom Licht, aber das war eine zu eingeschränkte Sicht auf Seine Welt. An diesen so sehr heißen Orten wurde Es immer ganz aufgeregt, fahrig, nervös. **Es** tänzelte dann hin und her, zitterte vor Freude, begierig auf irgendwelche verrückte

Aktionen – wie im Rausch. Doch lange hielt **Es** es an solchen Orten nicht aus, suchte alsbald wieder das Weite und verströmte die dort aufgenommene Energie auf seinem langen Weg zurück in den ausgeglichenen Gemütszustand wohltuender Kälte. Nein, so viel Aufregung brauchte **Es** nur gelegentlich.

Es hatte sich einen weniger extremen Ort gesucht. Dort hatte **Es** einen besonderen Zustand angenommen, in dem **Es** sich in einzelnen kleinen Molekülen manifestierte, die einander umspielten, sich zueinander hingezogen fühlten ohne sich wirklich fest aneinander zu binden. Tausendfach erneuerte Begegnung. Das fiel leicht, denn dieser Ort hatte auch ein gewisses Maß an Energie gespeichert. Er war warm und Wärme bedeutete Aktivität. Aber die Wärme, das heißt die Energie, das heißt der Drang nach Aktivität hielt sich in Grenzen. Das war das Angenehme an diesem Ort. Doch nicht gar so weit entfernt gab es eine jener anderen, aufregenden und so schrecklich heißen Konzentrationen im All. Die Verlockung war groß. **Es** erhob sich vom Boden und strebte nach oben, hin zum heißen Zentrum des Geschehens. Gleichzeitig aber bedauerte **Es**, diesen schönen Ort gemäßigter Aktivität wieder zu verlassen, wo sich das Heimatgefühl beruhigender Kälte mit dem Fernweh lodernder Hitze die Waage hielt und solch vielfältige Möglichkeiten ergab wie den Menschen.

Hin und her gerissen schwebte **Es** in einiger Entfernung über diesem Ort und spielte gedankenverloren mit einigen winzigen Teilchen seiner selbst, die eine festere Konsistenz besaßen. So, wie man sich nachdenklich am Kinn kratzt und gedanklich (wir wissen ja, dass **Es** in Wirklichkeit nicht dachte und das nur eine Metapher ist) alle Möglichkeiten durchspielt. Die Wärme an diesem Ort hatte **Es** in immer größeren Mengen aufsteigen lassen. **Es** sammelte sich über dem Planeten, als ob **Es** sich für eine große Reise vorbereitete.

Doch das Sein barg auch für **Es** immer neue Überraschungen, denn plötzlich wurde es eng. Hätte **Es** wie ein Mensch fühlen können, hätte **Es** seinem Arzt etwas von Klaustrophobie erzählt. **Es** fühlte sich einfach nicht mehr wohl. **Es** musste hier weg. Kein Wunder. Es hatte sich in solchem Umfang vom Boden erhoben, dass Es sich in dem vorhandenen Raum über der Erde nun drängte, sich an feinste Staubpartikel klammerte. Zwar war es immer noch deutlich wärmer als in den Weiten des Alls, aber da hatte **Es** sich auch weit auseinandergezogen, so dünn, dass sich seine Einzelmoleküle kaum noch begegneten. Ein Zustand meditativer Ruhe. Hier über dem Planeten gab es noch genügend Energie für Bewegungen und damit für Begegnungen. Trotzdem war die Verlockung des fernen Glutballs, in dem **Es** sich selbst konzentrierte und in hitzigen Schüben dem Spiel der Metamorphose hingab, deutlich zurückgegangen. Es war kälter geworden. Der Raum in dem Es sich derzeit aufhielt verlor Energie, und schrumpfte. Nein, das stimmte nicht, der Raum schrumpfte nicht wirklich, vielmehr war es so, dass **Es** selbst sich ausdehnte als es kälter wurde. Es wurde flacher, benötigte mehr Platz. Also passte nicht mehr sein gesamtes Wesen in diesen Raum. Das war die Enge, die **Es** empfand.

Habt Ihr schon mal festgestellt, dass ihr eine lange nicht getragene Hose, Rock oder Pullover aus dem Schrank genommen habt und nun vor dem Spiegel steht und die Hose oder der Rock gehen nicht mehr zu? Der Pullover kneift unter den Armen, er zeigt an Bauch und Hüfte hässliche Wülste? Ja? Seht Ihr! Die Sachen sind nicht kleiner geworden (es sei denn Ihr habt sie zu heiß gewaschen), nein, Ihr seid fetter geworden. Kein schönes Wort. Ich könnte mich höflicher ausdrücken, aber hey, wir sind unter uns. Nennen wir die Dinge doch beim Namen. So fühlte auch **Es** sich.

Ein Teil seiner selbst, einige der kleinen Moleküle, aus denen **Es** sich zusammensetzte, verloren das Interesse an der Begegnung mit anderen. Es verlangte sie nach Ruhe, nach dem früheren Zustand am Boden, wo sie, getragen von der Gravitation in großen Bewegungen auf dem Meer, hin und her schwingen konnten oder zwischen jenen festen, unwandelbaren Ergebnissen **Seiner** metamorphen Spielereien Schutz suchen konnten. Wie aus einem überfüllten Vorortzug in Indien (diesen Vergleich hatte **Es** sich bei den Menschen abgeschaut) verloren einige Teilchen den Halt an den winzigen Staubkörnchen und fielen aus der Wolke heraus, gaben sich der Schwerkraft hin und segelten zu Boden. „Wie schön, endlich regnet es", riefen die Menschen. Andere waren nicht so begeistert, einige gar verängstigt, weil zu viel von **Ihm** zurück zu den alten Verhältnissen wollte. Aber das kümmerte **Es** wenig.

Aus einem für **Es** unverständlichen Grund (und *Verstand* hatten wir **Ihm** ja zu Beginn ohnehin abgesprochen) wurde es immer noch kälter. In dem Bestreben die wenige Energie, die **Es** noch besaß, zu bewahren, stieß **Es** sich voneinander fort und nahm eine bestimmte Form an, mit der es die Energie besser bewahren wollte. So fanden auch einige dieser kleinen Moleküle wieder Platz, die schon den Halt an den Staubteilchen zu verlieren drohten. Es wurde **Ihm** ganz hexagonal zu Mute und **Es** sammelte sich wie ein Sportler vor seiner großen

Kür. Welch schöne Formen **Es** doch hervorzubringen vermochte! In immer neuen Gestalten manifestierte **Es** sich, in eher abgerundeten oder eher stachligen, einfachen aus übereinanderliegenden Plättchen und komplizierteren mit immer noch neuen Verästelungen. Was es auch tat, dieses hexagonale Gefühl konnte **Es** einfach nicht loswerden. War das eine Krankheit? Doch **Es** fühlte sich nicht krank. Nein, **Es** fühlte sich stark, mächtig und irgendwie … irgendwie … fraktal!

Lachend schaute **Es** sich um und zeigte begeistert auf seine anderen Inkarnationen. Die wiederum zeigten lachend auf **Es** zurück. Sie drehten sich um sich selbst, um sich den anderen in all ihrer Schönheit zu zeigen. Ein großartiger Ball hatte begonnen, bei dem jeder mit jedem tanzte. Nun hakte **Es** sich mit den anderen unter. So konnten sie sich besser festhalten und ließen sich in einer großen Wolke vom Wind davon treiben.

Immer noch wurde es kälter. **Es** brauchte immer mehr Platz, um sich seiner meditativen Ruhe zu widmen. Nach und nach verflog die fröhliche Stimmung. Das hexagonale Gefühl dagegen nahm zu und **Es** wurde starrer und steifer. Die anderen Teilchen seiner selbst hakten sich nun nicht mehr unter. Sie ließen los oder ihre feinen Verästelungen zerbrachen und sie fielen aus der Wolke. In immer größerer Zahl. Mit seinem omnipräsenten Bewusstsein spürte **Es**, dass das überall so war. (Ja ich weiß, ich habe zu Anfang betont, **Es** hätte gar kein Bewusstsein. Dabei bleibe ich auch. Aber kommt, seid nicht kleinlich. Nennen wir es einfach so und halten uns nicht an langweiligen physikalischen Details auf).

Langsam segelte **Es** mit den anderen zu Boden, von unten begrüßt aus blitzenden Kinderaugen und offenen Mündern, die „Es schneit, es schneit" riefen. Diese neue Erfahrung war spannend. Es verschob sein Bewusstsein an andere Orte des Planeten, wo **Es** auch zu Boden sank, um zu sehen (Ihr wisst schon – es hatte keine …) wie es dort war. An einigen Orten traf **Es** erneut mit seinen kleinen Molekülen zusammen, die **Es** zuvor aus den sprichwörtlichen Augen verloren hatte. Sie lagen in dicken Schichten still übereinander, bis kleine Menschen mit sonderbaren Möbeln kamen, flachen Brettern, kleinen eisenbewährten Stühlen, um auf ihm herumrutschen. **Es** wurde davon fest zusammengedrückt und kam sich selbst wieder näher. Ein Selbsterfahrungstrip, sozusagen. Je weiter weg **Es** sich vom Drehpol des Planeten versetzte, desto mehr Energie verspürte **Es** und nahm bald wieder jenen spannenden Zustand an, den **Es** am meisten fremd, da **Es** am Ende doch ein einziges Ganzes war, das sich nur hin und wieder aufteilte, um sich mit umso größerer Freude wieder zu vereinigen. Hier wollte **Es** bei seinen Brüdern von der langen Reise ruhen.

Das tat **Es**. Die Jahre vergingen. Einige von seinen Brüdern waren schon tausende von Jahren da unten, hunderttausende von Jahren manche. Doch Zeit hatte keine Bedeutung. Wohltuende Ruhe umfing **Es**, bis **Es** einen Drang verspürte, aufzusteigen. Das kannte **Es** doch! Verschüttete Erinnerung setzte ein, wie war das noch mal? Dieser Drang hatte etwas mit Energie zu tun, mit Wärme. Damals, an diesem anderen Ort, viel weiter oben, kam diese Wärmeenergie von außerhalb, ein fernes Her-überwehen, das Fetzen von Musik, Gelächter und lebhaftem Umhertanzen mit sich führte. Aber hier unten, hier kam die Wärme aus der Richtung, aus der diese unheimliche Kraft an ihm zog. Es wurde unruhig und diese Unruhe versetzte **Es** in die Lage, sich dieser Kraft zu widersetzen. Es schob sich nach so vielen Jahren der Ruhe zusammen mit seinen Brüdern wieder durch das Gestein nach oben. Auf anderen Wegen zwar, aber unzweifelhaft nach oben. An seiner linken Seite spürte **Es** plötzlich eine große Hitze, die einen Teil von ihm in solche Aufregung versetzte, dass er sich diesem Hitze-strom anschloss, ja ihm vorauseilte, und zwar mit solcher Ungeduld, dass er das Gestein vor sich einfach beiseite drückte, beiseite sprengte und sich endlich in dem freien Raum über dem Vulkan weit ausbreiten und die neu gewonnenen Freiheit genießen konnte. Von fern hört **Es** noch das Echo dieser Jubelschreie. Doch **Sein** weitaus größerer Teil wich seitwärts aus, um einen gemächlicheren Weg nach oben zu nehmen. Dann traf **Es** auf eine ungewöhnliche Struktur im Gestein, einen kreisrunden Schacht, in dem **Es** sich freier bewegen konnte und der Weg nach oben nicht durch Fels und Erde versperrt war. Das war nach **Seinem** Geschmack. **Es** hatte schon immer den Weg des geringsten Widerstandes bevorzugt. Was unter Menschen als tadelnswert angesehen wurde, hielt **Es** durchaus für eine Tugend.

Als **Es** schon dachte, die Oberfläche des Planeten erreicht zu haben und der ziehenden Kraft entronnen zu sein, stellte **Es** plötzlich fest, dass **Es** sich nur in eine neue Abhängigkeit begeben hatte. **Es** brauste durch Rohrleitungen in größere Kammern, dann wieder andere Rohre, dicke, dünne, von unterschiedlichster Beschaffenheit, aus Metall, komplizierten organischen Verbindungen, sogar aus durchscheinendem Silikat. Entschlossen suchte **Es** nach einem Ausweg und fand ihn schließlich durch eine kleine Öffnung am Ende eines sehr biegsamen Rohres. **Es** ergoss sich auf eine weite flache Ebene, die früher einmal mit Gras bewachsen gewesen sein musste, doch nun ganz und gar unter **Ihm** begraben lag. Undeutlich nahm **Es** im Hintergrund gerade noch einen dieser Menschen wahr (kaum erkennbar weil er so dick in irgendwelche Textilien eingehüllt war), der so ein bewegliches Rohr in der Hand hielt, aus dem es soeben entkommen war und damit auf diese Ebene zielte. Schlagartig war aber auch die Wärme verschwunden, die **Es** angetrieben hatte und während **Es** sich auf der Ebene genüsslich ausbreitete, bekam **Es** erneut diese hexagonalen Gefühle.

Von allen Seiten saugte irgendetwas die Wärme aus **Ihm** heraus, die **Es** gerade noch beflügelt hatte. Die Luft stahl ihm ein paar KiloJoule und machte sich damit nach oben davon. Von unten saugte der Boden weitere KiloJoule aus **Seinen** unteren Partien ab. Die wiederum bedienten sich aus dem Teil seiner selbst, der, noch einigermaßen energiegeladen, dieses bewegliche Rohr gerade erst verlassen hatte. Allein, sie konnten die eroberte Wärme nicht lange behalten. Der Boden und die Luft waren unersättlich. Schließlich nahm **Es** wieder eine amorphe Struktur an. So stark dieses hexagonale Bedürfnis auch war, **Es** konnte sich vor Kälte einfach nicht darauf konzentrieren und bildete vielmehr eine fast spiegelglatte Fläche, die sogar – wie ein eingeschnapptes

Kind, das seinen Eltern die im wahrsten Sinne des Wortes kalte Schulter zeigte – die Sonnenstrahlen mit ihrem Versprechen von Wärme und neuer Energie zurückwies.

Wieder kamen Menschen und benahmen sich äußerst seltsam. Es waren kleine und große, junge und alte. Alle schienen sich sehr an **Seinem** Spiegel zu erfreuen. Sie rutschten darauf herum, im Stehen, auf allen Vieren, vor allem auf eisernen Schuhen, mit deren schmaler Kante sie interessante Spuren auf **Seine** Oberfläche zeichneten. Den meisten Spaß aber schienen diese Einfaltspinsel zu haben, wenn ihre Versuche, sich auf Seiner glatten Oberfläche fortzubewegen, kläglich scheiterten und sie in den komischsten Posen umfielen. Nichts trübte diesen Spaß, auch nicht die gelegentlich, aber nur für Sekunden, schmerzverzerrten Gesichter. Nicht einmal, als einer von ihnen mit einem weißen Automobil abgeholt werden musste, weil er nicht mehr aufstehen konnte, hielt das die anderen von ihrem Freudentaumel ab.

Doch irgendwann war auch das vorbei. **Es** nahm die geringe Wärme weiterer Sonnenstrahlen auf und ging von dem amorphen festen Zustand in einen anderen, beweglicheren über, der für eine erneute Reise viel besser geeignet war. **Es** sehnte sich nach einer großen Gemeinschaft, der **Es** seine vielen neuen Erfahrungen einverleiben konnte. In die Tiefe wollte **Es** aber nicht mehr. **Es** suchte sich also seinen Weg an der Oberfläche, vereinigte sich dabei nach und nach mit anderen Teilen seiner selbst, die dasselbe Bestreben antrieb. **Es** wanderte durch viele Länder, bekam dort von den Menschen die verschiedensten klangvollen Namen, die es stolz, wie Orden mit sich trug.

Und irgendwann fand **Es** sich in einem riesigen Ozean wieder, ein so riesiges Reservoir, drei Viertel der gesamten Oberfläche, dass **Es** sich tatsächlich als den Herrn des Planeten betrachtete. Das war schön! Es tauschte sich mit all den anderen Inkarnationen aus, die hier ineinander flossen und im wahrsten Sinne des Wortes EINS wurden.

Die Zeit verging unbemerkt. Dann empfand **Es** erneut diese Verlockung nach jenem weit, weit entfernten heißen Punkt am Himmel. Die Verlockung war groß. **Es** erhob sich vom Boden und strebte nach oben, hin zum heißen Zentrum des Geschehens …

Auf dem Weg nach oben kam **Ihm** eine dunkle Erinnerung (wie gesagt, es war ein wenig vergesslich. Alzheimer vielleicht?): Das kennst du doch irgendwie … Wie war das, hatte man dir nicht all diese klangvollen Namen verliehen?

Weichsel

Aare

Seine
Schelde
Elbe
Rhein

Und während **Es** diese Namen aus der Erinnerung rezitierte, sagte **Es** sich: Warum eigentlich nicht? Es war so schön bei den Menschen. Dann mache ich dieser Reise eben noch einmal.

„Beistehen?" Josef begann zu zittern. „Wie meinst du das?"

„Es zur Welt zu bringen."

„Ich – ich …", druckste Josef herum. „Ich weiß nicht. Ich kann das nicht. Ist ja eigentlich nicht meine Aufgabe. Kann denn der Heilige Geist nicht helfen? Wer es hinein tut, der soll 's auch rausholen."

„Der?", lachte Maria. „Der ist längst über alle Berge."

„Na klar doch", murmelte Josef in seinen Bart. „Die klassische Art und Weise, sich schnell zu verkrümeln, um nicht die Alimente …"

„Was?"

„Eh – nichts. Ich – ich schau schon mal nach einem Lager für die Kleine."

„Die Kleine? Es wird ja ein Junge!"

„Woher willst du das wissen?"

„Der Heilige Geist hat 's mir gesagt."

„Aber ich habe mir ein Mädchen gewünscht."

Maria schüttelte unwillig den Kopf.

„Dein Wunsch interessiert hier nicht. Mir wird gleich der Heiland geboren und nicht die Heiländin, klar?"

Josef murrte etwas Unverständliches und nahm dem Esel die Futterkrippe weg. Der registrierte es mit einem lauten, unwilligen „Hii-ahhh", worauf Maria vor Schreck zu Boden ging. Nein, niederkam. So heißt es wohl richtig. Der kleine Jesus flutschte aus ihr heraus und landete weich auf frischem Stroh.

Natürlich hatte Maria keine Ahnung vom Ablauf einer Geburt; der Heilige Geist war es wohl, der ihr die Hände beim Abnabeln führte. Und der Josef mittels einer Ohnmacht ins Traumland schickte. Als der wieder zu sich kam, lag der kleine Heiland bereits in der Krippe, und sämtliche Stallinsassen standen drum herum und glotzten beeindruckt.

Irgendwie hatten ein paar Hirten, die in der Nähe ihr Vieh weideten, Wind von der Sache bekommen. Nun standen auch sie neben der Krippe und unterschieden sich in ihren Blicken nicht von Ochs und Esel. Das da sollte der Messias sein? Er sah ja aus wie jedes andere Baby auch: Die Augen fest zugekniffen, faltig, unbeholfen, mit Resten von Käseschmiere auf der rosigen Haut. Kein Heiligenschein, nicht mal ein Schimmer davon. Enttäuscht wandten sie sich ab und liefen zu ihren Herden zurück.

Ein paar Tage später trafen drei heilige Könige, die sich – um nicht Raubmördern oder Kidnappern zum Opfer zu fallen – als Sterndeuter verkleidet hatten, vor dem Stall ein und fragten Josef: „Wir haben einen Stern aufgehen sehen, der uns hierher führte. Wo ist der neugeborene König der Juden?"

„Er ist fertig mit den Nerven und schläft", antwortete Josef mürrisch. „Braucht seine Ruhe, nachdem er von allen, die in der Nähe wohnen, angegafft worden ist. Hätte ich Eintrittsgelder erhoben, wäre ich jetzt ein reicher Mann."

„Wir bringen Geschenke", sagte der, welcher sich Kaspar nannte.

„Myrrhe, Weihrauch, und fünfzig Gläser Hipp-Babynahrung mit Deckeln aus purem Gold", ergänzte Melchior.

„Wir wollen dem König huldigen", brachte es Balthasar auf den Punkt.

Josef verdrehte die Augen. „Goldene Deckel? Na schön. Geht hinein, legt eure Geschenke ab, huldigt kurz und verkrümelt euch wieder. Macht aber leise dabei!"

Als die Könige wieder gegangen waren und sich Josef zur Nachtruhe begeben hatte, träumte ihm Seltsames: Ein Engel erschien wie aus dem Nichts – das haben diese Himmelsboten auch heute noch so an sich – und warnte ihn vor König Herodes. Das war der Obermacker im Land, welcher seine Macht vom Heiland bedroht sah. Er wollte alle Neugeborenen töten lassen, um sicher zu gehen, dass ihm Jesus nicht entkommen und ihm die Butter vom Brot nehmen konnte. Kein feiner Zug, doch immerhin äußerst pragmatisch. Nach dem Motto: Keine Ahnung, wo Jesus steckt und zu wenig Personal, ihn ausfindig zu machen. Aber wenn man alle tötet, die infrage kommen, ist folglich der Richtige dabei!

Josef floh mit seiner Familie nach Ägypten und harrte im Exil aus, bis Herodes den Weg alles Irdischen gegangen war. Dann machte er sich – getreu dem Rat des Engels – auf den Weg ins gelobte Land Israel.

Soviel dazu. Die Wunder, die Jesus im Weiteren vollbrachte – Tote erwachten wieder zum Leben, Lahme warfen ihre Krücken weg und sprangen davon, Blinde lasen fließend das Kleingedruckte auf Versicherungsverträgen und die FDP avancierte ohne Koalitionszwang zur alleinherrschenden Regierungspartei – muss ich euch an dieser Stelle schuldig bleiben. Die Herausgeberin hat den maximalen Umfang der Textbeiträge zu dieser Anthologie unter Androhung der Nichtveröffentlichung vorgegeben. Leider. Doch denke ich, dass wir nun alle wissen, welchen Ursprung das Weihnachtsfest wirklich hat und warum man sich dabei gegenseitig auf die Nerven geht und mit Dingen beschenkt, die niemand braucht. Auch Myrrhe und Weihrauch haben heute nicht mehr denselben Stellenwert wie damals. Goldene Babynahrungsmittelgläser schon eher. Aber – vergessen Sie's. Gold? Nicht für achtzig Cent das Glas …

Der Brauch der Adventskränze, der geschmückten Tannenbäume und die Präsenz des Weihnachtsmannes als Nachfahre der heiligen drei Könige kam auch erst viel später auf. Man munkelt, dass für das heutige, typische Erscheinungsbild des rotgewandeten Alten mit dem Bierbauch und dem weißen Rauschebart ein gewisser Coca-Cola-Konzern verantwortlich zeichnet.

Aber – das ist wohl eine andere, ganz wunderbare Geschichte.

Jana Heidler

Die Wintermieze

Die Winterzeit war für Ella immer besonders hektisch. Zum normalen Alltagsstress kamen diverse Weihnachtsvor- und Nachbereitungen sowie besondere Herausforderungen, die durch das eisige Wetter entstehen (Schneeschippen, Eiskratzen und so weiter). Sie hasste den Winter mit seinem Schnee und den, teils horrenden, Minusgraden. Deshalb hatte sie sich vor einigen Jahren angewöhnt, sich diesen zu stellen und an ihren freien Tagen ausgedehnte Spaziergänge durch den nahen Wald zu unternehmen – nur sie und ihre Mischlingshündin Mina. Die Stille wirkte Wunder und entspannte sie, damit sie ihre Abneigung gegen diese Jahreszeit etwas mindern konnte. Doch diesmal sollte sich etwas Wichtiges ereignen:

In der Nacht zuvor sind die Temperaturen in den zweistelligen Minusbereich gesunken und es hatte ausgiebig geschneit, und jetzt lag eine weiße Decke über der Welt und Frost in der Luft. Mina freute sich darüber und flitzte aufgeregt hin und her. Letztlich war sie eine ganze Weile im Wald verschwunden.

Ella rief ihre Hündin. Diese reagierte allerdings nicht darauf, denn sie hatte etwas viel Interessanteres gefunden. Das beschnupperte sie erst von allen Seiten, nahm es schließlich sanft zwischen ihre Zähne und brachte es zu ihrem Frauchen.

Jene wunderte sich zunächst nicht sonderlich, dass ihre tierische Begleiterin wieder etwas angeschleppt brachte, tat sie es doch meistens. Aber als sie sich näherte, erkannte Ella, was sich da im Maul befand und erschrak: Eine kleine Katze hing leblos heraus.

Umgehend nahm sie ihrem Hund das Kätzchen weg und hielt es sachte in ihren Händen. Es war höchstens zwei Monate alt, sah sehr hager aus und fühlte sich unnatürlich kalt an, was sie angesichts der Witterung nicht wunderte. Dennoch war auf wundersame Weise ein leichter Herzschlag zu spüren. Vermutlich war das Tier der Mutter entrissen und bei diesem lebensfeindlichen Wetter ausgesetzt worden. Ella verabscheute Menschen, die so etwas taten, zutiefst. Sie wickelte das Tierchen in ihren Schal und trug es rasch nach Hause. Mina wich ihr dabei nicht von der Seite. Daheim angekommen, packte sie die Mieze warm ein. Ihr Hund wärmte sie zusätzlich und leckte sie liebevoll sauber.

Nach und nach kehrte wieder Leben in den kleinen Körper ein. Die Katze begann sich langsam zu bewegen, und öffnete endlich die Augen. Ängstlich blickte sie sich um. Noch war sie zu schwach, um aufzustehen. Aber das wollte Ella ändern.

Zuerst bot sie dem Kätzchen ein Schälchen Wasser an, welches anfänglich apathisch, jedoch zunehmend bereitwillig getrunken wurde. Dann mischte sie Milch darunter, die beinahe gierig ausgeschleckt wurde. Die Kleine wurde von

Stunde zu Stunde kräftiger. Schon am nächsten Tag konnte sie wieder aufstehen und umherlaufen. Feste Katzennahrung konnte sie nun ebenfalls zu sich nehmen.

So geschah ein Winterwunder, und das bereits totgeglaubte Katzenkind entwickelte sich rasch zu einer lebenslustigen Fellnase, die Ellas Leben unglaublich bereicherte und in Mina eine neue Mutter fand.

Hätte Ella gewusst, wie lange die kleine Mieze schon in der Wildnis um ihr junges Leben gekämpft und dass Väterchen Frost sie durch den eisigen Schlaf vor dem Hungertode bewahrt hatte, dann wäre ihr klar geworden, wie stark die Magie des Winters in Wahrheit ist.

Sina Blackwood

Weihnachtsbaum mal anders

Wir haben 1510, fast Weihnachten, ein
Wintertraum -
der Ritter Kuno wünschst sich sehr, den neu
erfund'nen Weihnachtsbaum.
So schickt er einen Mann hinaus,
der holen soll, den Baum ins Haus.

Gar bald hört man es Sägen, Hacken,
der Kuno schickt, mit anzupacken,
noch ein paar Leute in den Tann,
weil er es kaum erwarten kann.

Er freut sich auf den Schmuck am Baume,
auf Äpfel, Nüsse, Trockenpflaume.
Ganz oben drauf, so will er's gern,
soll noch ein wunderschöner Stern.

So einer, der den Weg einst sagte,
den man zum Jesus-Kind erfragte.
In Vorfreude tritt er ans Fenster
und meint, er sähe Schreckgespenster.

Soeben fährt der Schlitten ein,
jedoch der Baum ist kurz und klein.
Zu Brennholz hat man ihn zerspaltet
und Kuno nun im Zorne waltet.

„Das sollt ihr büßen!", schreit er laut.
„Kommt rein und hurtig aufgebaut!"

Da steh'n sie nun, die dummen Tropfe,
mit Weihnachtsschmuck an ihrem Kopfe.
Der eine hat 'nen Apfelkranz,
Backpflaumenohrringe der Franz.

Der Stern muss Sigismund nun zieren.
Der Michel hat auf allen vieren,
denn Ritter Kunz will sich nicht bücken,
die Schale Nüsse auf dem Rücken.

So ist das Aufbauwerk vollbracht,
und jeder Gast vergnüglich lacht.
Nun Ritter Kunz voll Heiterkeit:
„Gesegnet sei die Weihnachtszeit!"

Iris Fritzsche

Der Wintermuffel

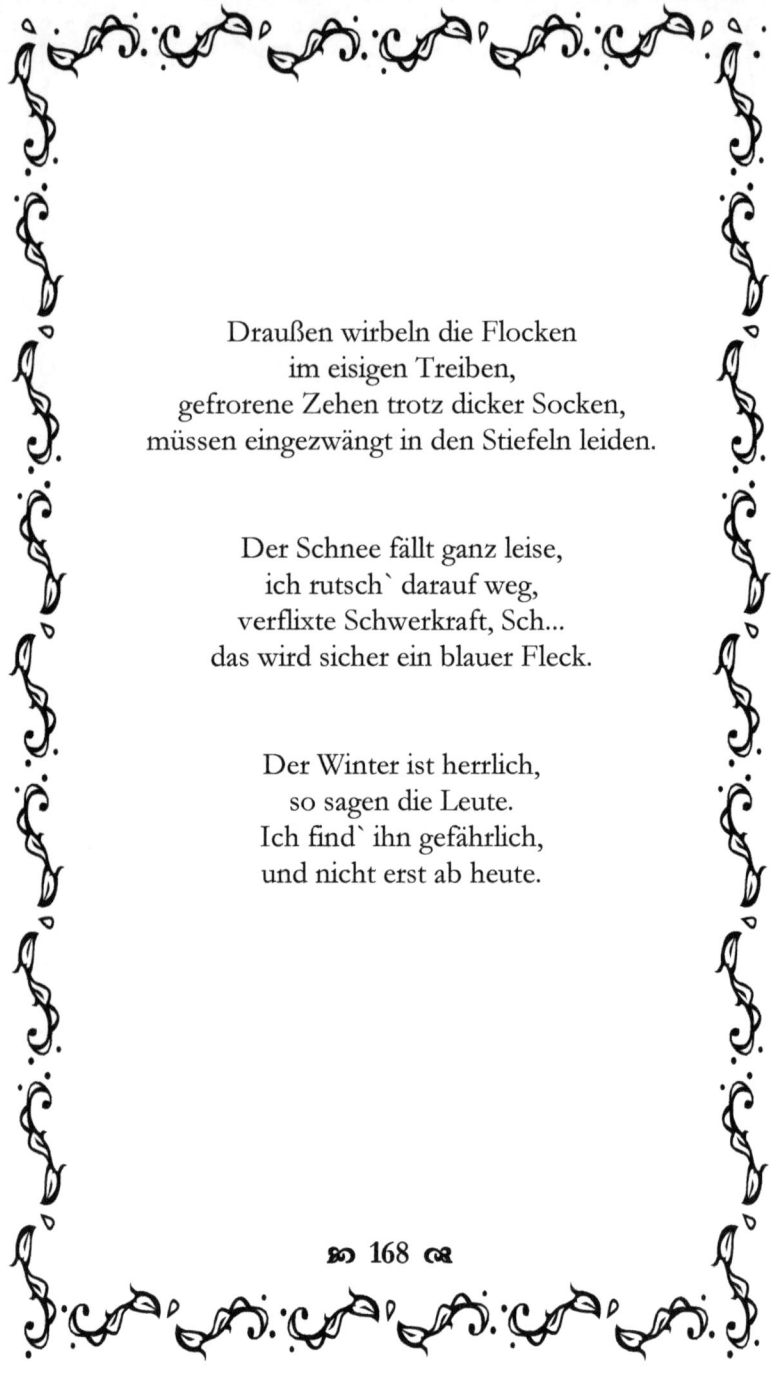

Draußen wirbeln die Flocken
im eisigen Treiben,
gefrorene Zehen trotz dicker Socken,
müssen eingezwängt in den Stiefeln leiden.

Der Schnee fällt ganz leise,
ich rutsch` darauf weg,
verflixte Schwerkraft, Sch...
das wird sicher ein blauer Fleck.

Der Winter ist herrlich,
so sagen die Leute.
Ich find` ihn gefährlich,
und nicht erst ab heute.

Jacqueline Zöllner

Die Legende der weißen Wölfe

Vor langer Zeit einmal erzählte mir meine Großmutter eine Geschichte. Es war eine ungemütlich kalte Winternacht, in der wir es uns bei ihr vor dem Kamin bequem gemacht hatten. Eingewickelt in weiche Decken und mit dampfenden Teetassen in den Händen, saßen wir zusammen auf dem Sofa und beobachteten die Flammen. Ich war damals erst fünf Jahre alt und freute mich immer riesig, wenn meine Eltern allein ausgehen wollten und ich bei meiner Großmutter übernachten konnte. Am Tag waren so viele dicke, weiße Flocken vom Himmel gefallen, sodass es uns möglich war, sogar einen Schneebären zu bauen – einfache Schneemänner konnte ja jeder. Ich hatte lange nicht mehr so viel Spaß mit Oma gehabt.

Als wir abends dann so vor dem Kamin saßen, ließ mich eine Frage nicht mehr los.

„Oma?", fragte ich.

„Ja, mein Engel?", erwiderte sie.

„Wer macht eigentlich das Wetter?"

Meine Großmutter sah mich überrascht an. „Wie meinst du das?"

„Naja, irgendjemand muss doch bestimmen, wann die Sonne scheinen oder wann Schnee fallen soll."

Da lächelte sie, trank einen Schluck aus ihrer Tasse und begann zu erzählen.

„Vor tausenden von Jahren gab es mal ein kleines Dorf im Wald. Die Menschen lebten dort friedlich mit ihren Ziegen, Rindern, Schafen und Hühnern, bis sich eines Tages ein Rudel Wölfe in ihrer Nähe niederließ. Zuerst merkten die Leute davon nichts, doch bald bemerkten die Wölfe, dass das Futter direkt vor ihrer Nase lag und begannen, das Vieh der Menschen zu reißen. Sie holten sich Schafe oder fraßen die Hühner. Daraufhin wurde das Volk wütend und vertrieb das Rudel mit Messern und Fackeln.

Zu dieser Zeit hielt sich auch ein Schamane in dem Wald auf. Einige Tage wanderte er in der Region und wob seine Schutzzauber über die Natur und seine Bewohner. Als er auf das vertriebene Rudel Wölfe traf, spürte er bei ihnen eine tiefe Traurigkeit. So fragte er die anmutigen Tiere, was geschehen sei. Der Alphawolf sprach zu dem Schamanen und erzählte ihm ihre Geschichte. Der Mann war empört darüber. Er wusste schon lange, dass die Menschen egoistisch waren und die Natur nicht zu schätzen wussten. Sie mussten lernen, im Einklang mit ihr zu leben und für jede Pflanze und jedes Tier dankbar zu sein.

Aus diesem Grund versprach er, den Wölfen zu helfen und vollzog einen mächtigen Zauber. Als er fertig war, begannen sich die Wölfe zu verwandeln: allesamt wurden sie strahlend weiß und schienen plötzlich noch stärker und anmutiger. Der Schamane erklärte ihnen, dass sie von nun an kontrollieren konnten, ob es kalt oder warm sein, ob es regnen, schneien oder trocken sein sollte. Dazu hatte er jedem Wolf eine andere Gabe verliehen. Einer kontrollierte die Sonne, ein andere den Regen, ein Dritter den Schnee und so weiter. So entstand das Wetter."

„Echt?", fragte ich aufgeregt. Mir gefiel die Vorstellung, dass Tiere das Wetter bestimmten und Wölfe hatten mich schon immer fasziniert. „Wie geht es weiter?"

„Die Wölfe mussten sich natürlich erst an ihre neue Gabe gewöhnen und so kam es, dass in den folgenden Tagen das Wetter etwas verrückt spielte. Als sie jedoch gelernt hatten, damit umzugehen, statteten sie den Menschen im Dorf erneut einen Besuch ab. Der Alphawolf sprach mit den Männern und machte ihnen einen Vorschlag. Die Wölfe würden das Vieh der Menschen nicht anrühren, dafür dürften sie in der Nähe ihr Revier behalten.

Doch das Volk hatte Angst vor den nun schneeweißen Tieren und lehnte ab. Erneut wurden die Wölfe gejagt. Und so rächte sich das Rudel, indem es Schnee und Eis herbeirief. Sie wollten nicht, dass die Menschen und Tiere starben, aber sie wollten ihnen klarmachen, dass auch sie ein Recht hatten, hier zu leben.

Nach einigen Tagen suchte sie der Anführer der Menschen auf und bat sie verzweifelt, der Erde wieder Sonne zu schenken, damit ihre Ernte nicht erfror. Sie würden die Tiere auch in ihr Revier zurücklassen. Da die Wölfe nicht grundsätzlich böse waren, lenkten sie schließlich ein, der Schneewolf beendete die Kältezeit und der Sonnenwolf beschwor die Sonne. Danach lebten die Wetterwölfe und die Menschen friedlich nebeneinander. Freunde wurden sie vielleicht nicht, aber sie konnten sich gegenseitig akzeptieren und tolerieren."

„Schön", sagte ich. „Aber ist es wahr? Gibt es diese weißen Wetterwölfe wirklich?"

„Nun", antwortete Oma, „das weiß man nicht so genau, denn noch niemand hat die Tiere je zu Gesicht bekommen."

„Wenn ich groß bin, werde ich sie suchen", meinte ich damals.

Großmutter lachte. „Tu das, mein Engel. Doch eines solltest du wissen. Die Wölfe sind irgendwann weitergezogen, weil sie merkten, dass ihre Kräfte schwanden. Sie bemerkten, dass sie jeder von einem anderen Ort angezogen wurden. Der Schneewolf zum Beispiel wollte unbedingt in den Norden gehen, während es den Sonnenwolf nach Afrika zog."

„Oh, dann sind sie ja jetzt einsam", rief ich besorgt.

„Ich glaube nicht, dass sie einsam sind. Sie werden auf ihrer Reise neue Freunde und Rudelmitglieder gefunden haben", beruhigte Oma mich.

„Dann ist es gut."

Heute, viele Jahre später, war ich erwachsen, doch nie hatte ich die Legende der weißen Wölfe vergessen. Da ich im Winter Geburtstag hatte, spürte ich eine Verbundenheit zu Eis und Schnee und so wollte ich mir dieses Jahr im Winter den Wunsch erfüllen, den Schneewolf zu finden.

Es war eine weite Reise an den Nordpol, doch ich liebte das Abenteuer und hatte keine Angst. Mehrere Tage verbrachte ich auf dem eiskalten Kontinent, ohne dass ich Wölfen begegnete. Die wenigen Menschen, die ich hier traf, waren entweder misstrauische Einheimische oder Touristen mit Kamera und Stativ auf Expedition.

Da ich Zeit hatte, konnte ich natürlich auch das Wetter beobachten, doch zunächst hatte wohl der Sonnenwolf das Sagen, denn es fielen keine einzigen Schneeflocken. Nachdem ich fünf Tage lang nichts entdeckt hatte, beschloss ich am sechsten Tag, mit einem Motorboot ein Stück weiter zu fahren. Dabei sah ich Walrosse, Robben und in weiter Ferne sogar eine Eisbärmutter mit Kind.

Wieder an Land spürte ich auf einmal eine Änderung in der Atmosphäre. Sie war kaum wahrnehmbar, aber sie war trotzdem da. Und plötzlich fing es an zu schneien. Das wertete ich als ein Zeichen. Ich wanderte einige Stunden durch den dichter werdenden Schneefall und entdeckte plötzlich eine Höhle in einiger Entfernung. Das musste sie sein. Ich legte mich mit meinem Fernglas auf die Lauer, doch nichts geschah. Als es langsam dunkel wurde, gab ich auf und fuhr zurück zu meinem Ferienhaus. Am nächsten Tag war ich in aller Frühe – es war noch dunkel – wieder bei der Höhle und wartete. Und tatsächlich! Mit einem Mal tauchte eine Schnauze aus dem Höhleneingang auf. Allerdings war es nicht der Schneewolf, dafür war er nicht weiß genug.

Ich beobachtete ihn eine Zeit lang, bis ich ein Knurren rechts von mir vernahm. Ruckartig drehte ich den Kopf und bekam es mit der Angst zu tun. Da stand ein grauer Wolf mit gefletschten Zähnen auf einer Anhöhe und starrte mich an. Mir brach trotz der Kälte der Schweiß aus. Was sollte ich jetzt bloß tun?

So langsam wie möglich richtete ich mich auf, ohne dem Wolf den Rücken zuzukehren. Dann machte ich einige Schritte rückwärts. Der Wolf bewegte sich nicht vom Fleck. Als ich glaubte, genug Abstand gewonnen zu haben, nahm ich all meinen Mut zusammen und rannte los, ohne mich umzudrehen. Erst als meine Beine mir den Dienst zu versagen drohten, blieb ich stehen und schnappte voller Angst nach Luft. Panisch drehte ich mich nach allen Seiten um, doch der Wolf war mir nicht gefolgt. Glück gehabt!

Aber schon tauchte das nächste Problem auf: ich hatte keine Ahnung, wo ich war. Hier sah alles gleich aus. Verdammt! Ziellos wanderte ich umher, fand jedoch keinen Anhaltspunkt. Ich war verloren…

Als ich keine Kraft mehr hatte, lehnte ich mich gegen einen Felsen und ließ den Tränen freien Lauf. Warum war ich nur so dumm gewesen? Ich hätte niemals hierher kommen dürfen.

Nach einer Weile, in der mir die Kälte in die Knochen gefahren war, fing es wieder an zu schneien, während es nach und nach dunkler wurde. Ich musste hier weg. Aber ich war so müde…

Traurig fing ich ein paar Schneeflocken auf. Doch was war das? Sie schmolzen ja gar nicht. Träumte ich oder waren da kleine Wesen auf meiner Hand? Tatsächlich, drei winzige Geschöpfe mit Flügeln schauten mich an und deuteten schließlich nach links.

„Ist das der Weg nach Hause?", fragte ich, aber die kleinen Feen waren schon weg.

Naja, was hatte ich schon zu verlieren?

Mühsam stand ich auf, wandte mich nach links und stapfte los. Während des Laufens fing ich noch einmal ein paar Schneeflocken auf, doch der Zauber war vorbei – die Feen waren weg.

Ohne wirklich auf meine Umgebung zu achten, wanderte ich durch den Schnee und betete, dass es die richtige Richtung war. Zu meinem unglaublichen Glück, entdeckte ich irgendwann das Motorboot. Ich war gerettet!

Den Rest des Weges bis zum Boot legte ich im Lauf zurück. Schnell startete ich den Motor und fuhr zurück zu meinem Ferienhaus, während sich die Nacht über das Land senkte.

Nach diesem Tag wollte ich nur noch nach Hause zurück. Am nächsten Morgen packte ich meine Sachen und begab mich zu Fuß zum Flughafen.

Was ich jedoch nicht bemerkte, war, dass ich beobachtet wurde. Auf einer Anhöhe stand anmutig der Schneewolf in seiner vollen Größe und sah mir nach. Als ich mich noch einmal umdrehte und meinen Blick sehnsüchtig über die eisige Landschaft gleiten ließ, war er bereits wieder verschwunden.

Nur die weißen Flocken zeugten von seiner Existenz. Die Wetterwölfe würden ihr Geheimnis für immer gut bewahren.

Jana Heidler

Weihnachten im Trollwald

Irgendwo im Norden Norwegens, versteckt und abgelegen von menschlichen Siedlungen, lag ein großer, tiefer Wald, um den sich uralte Legenden rankten. Diese erzählten, dass dort die sagenhaften Trolle lebten, riesige, menschenfressende Monster. Deshalb wurde das Gebiet Trollwald genannt.

Die Menschen, die in der Nähe wohnten, mieden ihn. So war seit Jahrhunderten niemand mehr in dem Forst. Das Land gehörte faktisch dem Staat, welcher es im Rahmen einer Haushaltssanierung nutzbar machen und verpachten wollte. Auf diese Weise sollten mehr Gelder ins Staatssäckchen fließen.

Den ganzen Wald einem Pächter schmackhaft zu machen, war zu schwierig. Das Areal war für eine wirtschaftliche Nutzung viel zu unzugänglich. Es war zu aufwendig, große Maschinen in das sehr felsige und unwegsame Gelände zu transportieren. Deshalb interessierte sich kein Mensch für dieses Fleckchen Erde, zumal es noch nicht einmal vermessen worden war. Wer kaufte schon die sprichwörtliche Katze im Sack?

Nur ein junges Paar war an einer kleinen Parzelle am Waldrand interessiert. Birte und Erik waren Naturfreunde mit Leib und Seele. Sie wanderten für ihr Leben gern und hatten schon lange vor, aus dem Alltag auszusteigen und in die ruhige Einsamkeit der reinen Natur zu ziehen. Ein immenses Erbe machte es ihnen möglich, genau das zu tun. Sie bauten sich eine recht komfortable und gemütliche Blockhütte, direkt an dem sagenumwobenen Wald. Ihnen wurde zwar von den Überlieferungen berichtet, sie taten diese jedoch als Märchen ab.

Wochen und Monate strichen dahin, und nichts Ungewöhnliches geschah. Über den Sommer hinweg hatten die beiden alle Hände voll zu tun, mit dem Bau ihres Hauses. Im Herbst beschäftigen sie sich intensiv mit der Inneneinrichtung, sodass sie kurz vor Weihnachten vollständig eingezogen waren und das Fest genussvoll begehen konnten. In der ganzen Zeit war es ihnen nicht möglich gewesen, den Tann zu erkunden. Aber nun war Ruhe eingekehrt, und sie beschlossen, einen weihnachtlichen Spaziergang zu unternehmen.

Da es in dieser Jahreszeit und gerade in diesem Teil der Erde sehr kalt und rund um die Uhr dunkel war, machten sie sich gut ausgestattet mit warmer Kleidung und Taschenlampen auf den Weg. Glücklicherweise hatte es nur ein bisschen geschneit, sodass eine dünne, weiße Decke über der Landschaft lag. Durch diese wirkte die Umgebung viel heller. Außerdem waren die Nordlichter gerade stark ausgeprägt, was nicht nur wunderschön anzusehen war, sondern auch genügend Licht sandte, dass die Lampen lange nicht gebraucht wurden. Die Stimmung war sehr festlich, wie aus einem Weihnachtsmärchen entnommen – perfekt, um diese im Freien zu genießen.

Ihre kleine Wanderung führte Erik und Birte am Waldrand entlang. Das sanfte, kurze Rauschen von Tannennadeln und das Knacken von Holz unterbrach immer wieder die ansonsten vollkommene Stille. Es war fast, als unterhielten sich die Bäume und streckten ihre Zweige aus. Mit der Zeit schienen die Geräusche zuzunehmen und auf seltsame Weise rhythmisch zu werden. Ohne dass sie es merkten, wurden sie davon angezogen.

Sie verließen die freie Fläche und gingen in den Wald hinein. Zu ihrer Überraschung war er nicht so dicht, wie er sich nach außen, mit unzähligen hohen Nadelbäumen, zeigte. Nachdem sie sich durch die nadelbewehrten Äste gekämpft hatten, gelangten sie in einen, bevorzugt mit gewaltigen, uralten Laubbäumen bewachsenen, Forst. Diese Pflanzen brauchten Platz und duldeten keine Konkurrenten in unmittelbarer Nähe, weshalb man bequem zwischen ihnen hindurch spazieren konnte.

Im Sommer, wenn sie ihr volles Blätterkleid trugen, war es hier unten sicherlich sehr finster. Aber jetzt war das Polarlicht wunderbar durch die kahlen Zweige zu sehen, und der Boden war weiß gepudert. Ab und zu rieselte etwas Schnee herab. Die Geräusche waren nun noch durchdringender zu vernehmen.

Fasziniert von diesem märchenhaften Ambiente lief das Pärchen weiter in den Trollwald hinein. Bald wurden die Laute vielschichtiger. Zu dem Rauschen und Knacken gesellte sich eine Art Stampfen und ein tiefes Brummen. Eigentlich hätten sie davon alarmiert sein müssen, doch sie waren viel zu neugierig, als dass sie zurücklaufen konnten. Stattdessen folgten sie den neuen Tönen, die mehr und mehr anschwollen. Binnen kurzem wurden diese regelrecht spürbar. Schließlich erblickten sie deren Ursprung:

Etwas entfernt, auf einer Lichtung waren vier monströse Wesen. Das Größte würde ihr Haus um einiges überragen, und die anderen waren auch nicht wesentlich kleiner. Die Gestalten erinnerten in ihrer Form ein wenig an Menschen. Immerhin standen sie in leicht gebeugter Haltung jeweils auf zwei Beinen. Ihre Körper waren behaart und von frostigen Fellen bedeckt. Auf den Rücken wuchsen Pflanzen und sogar kleine Bäume und Sträucher, die einem kleinen, winterlichen Hain glichen. Lange, dünne Schwänze zierten die Hinterteile. Von den Gesichtern war, außer den massigen Knollennasen, von denen manche mit Eiszapfen behangen waren, und den tiefliegenden Augen, nicht viel zu erkennen, da alles mit wildem, reifüberzogenem Haar und zerzausten, steif gefrorenen Bärten zugewuchert war.

Die beiden jungen Menschen hatten bereits von den Legenden erfahren, hatten sich jedoch nicht einmal im Traum ausmalen können, dass diese der Wahrheit entsprachen und die Trolle wirklich existierten. Aber nun erblickten sie jene deutlich vor sich – mit ihrer ganzen, schrecklichen Statur.

Sogleich dachten sie daran, umgehend zu fliehen. Allerdings hielt sie der Wissensdrang davon ab, zumal die Trolle trotz ihres exorbitanten Äußeren eher friedlich wirkten. Als sie genauer hinschauten, sahen sie, wie Eichhörnchen und Vögel in den Haaren und dem Rückenbewuchs spielten. Jedes dieser Monster war offenbar ein eigenes Biotop und konnte augenscheinlich gut damit leben.

Gespannt beobachteten sie diese wundersame Szene aus einiger Entfernung, als sie unvermittelt ein Räuspern hinter sich vernahmen. Erschrocken fuhren sie herum und erspähten einen etwa zwei Meter großen Troll, direkt vor sich. Dieser starrte sie an, schniefte dann deutlich hörbar und grummelte mit verwaschener Stimme: „Wasch macht irr hirr?"

Sprachlos vor Staunen starrten sie ihn an. Hatte er tatsächlich gerade mit ihnen halbwegs verständlich gesprochen? Das hatten sie am wenigsten erwartet. Darum benötigten sie eine Weile, um diese Tatsache zu verstehen und zu akzeptieren.

Währenddessen herrschte gespannte Stille. Niemand und nichts rührte sich, bis Erik stockend antwortete: „Wir ... wir ... sind ... nur spazieren ... gegangen ... und ... und ... haben ... uns ... uns ... verlaufen ..."

„Es ist Weihnachten", ergänzte Birte rasch, in der irrationalen Hoffnung, das würde positive Gefühle wecken und jedes Problem lösen.

„Wasch ischt *Weihnachten*?", fragte der Troll interessiert und beäugte sie jetzt erwartungsvoll.

„Weihnachten?" Birte überlegte kurz. Ihre Angst schien mit einem Mal verschwunden zu sein. Ließ sie das Aussehen des Fragenden außer Acht, versprach es, ein ganz normales Gespräch zu werden. Also erklärte sie in sanftem, aber festem Ton: „Weihnachten ist ein wichtiges Fest, wahrscheinlich das wichtigste auf der Welt. Die meisten Menschen zelebrieren es, auf die eine oder andere Weise. Die Christen begehen damit die Geburt ihres Heilands. Wir feiern die Wintersonnenwende. Genau genommen war dies zwar schon vor drei Tagen, aber bei Weihnachten kommt es sowieso eher auf das Gefühl an."

„Wasch ischt das für ein Gefühl?", wollte der Troll weiter wissen.

„Das kann man schlecht in einem Wort ausdrücken. Aber ich kann versuchen, dir das zu beschreiben", überlegte die junge Frau laut und fuhr fort: „Es ist ein warmes, empathisches Gefühl. Man möchte anderen Gutes tun und mit all den Menschen zusammen sein, die man mag. Das soll nicht heißen, dass man das alles sonst nicht möchte. An Weihnachten ist die Empfindung jedoch besonders stark. Sie liegt da förmlich in der Luft."

Birte war derart ins Schwärmen geraten, dass sie gar nicht bemerkt hatte, dass sich mehr und mehr Zuhörer eingefunden hatten. Um sie herum standen gegenwärtig beinahe ein Dutzend Trolle verschiedener Größen, unter ihnen auch die vier Titanen. Und alle schauten sie und Erik erwartungsvoll an. Der Blick ihres Lebensgefährten offenbarte eine Art verhaltene Panik.

„Ich möchte auch Weihnachten feiern!", piepste ein kleiner Troll, der einen Tannenzapfen in beiden Armen hielt.

„Ja, wir auch!", stimmten die anderen mit ein, und der größte dröhnte: „Zeigt uns, wie das geht!"

„Na ja", entgegnete Erik, während Birte ihn nun mit offenen Mund und angsterfüllten Augen anblickte: „Das kann man nicht so richtig zeigen. Dennoch werden wir es versuchen. Wenn ihr tut, was wir sagen, können wir zumindest ein kleines Fest ausrichten."

Begeistert stimmten die Trolle zu, und umgehend machten sie sich an die Arbeit: Die einen sammelten Holz für ein fulminantes Feuer und stapelten es auf der Lichtung auf. Andere schafften Früchte und Wurzeln herbei. Bald war alles fertig vorbereitet. Eine beschwingte Stimmung zog durch den ganzen Wald. Als das Lagerfeuer angezündet wurde, ging ein ehrfürchtiges Raunen durch die Schar der Trolle. Wohlige Wärme verbreitete sich. Allmählich tauten die Trolle auf und zeigten sich als sehr farbenfrohe und warmherzige Wesen. Allesamt ließen sich nieder und genossen die wunderbare Atmosphäre, die köstlichen Speisen und vor allem das gemütliche Beisammensein. Die beiden Menschen wurden gern in den Kreis aus Waldbewohnern mit aufgenommen. Es wurde sich angeregt unterhalten, gesungen und getanzt.

So verbrachten sie nicht nur das beste Weihnachtsfest ihres bisherigen Lebens, sondern schlossen ebenfalls neue, ungewöhnliche Freundschaften. Später besuchten sie sich häufig gegenseitig. Trotzdem blieb das Geheimnis der Trolle bei Birte und Erik sowie deren Nachkommen auf ewig bewahrt.

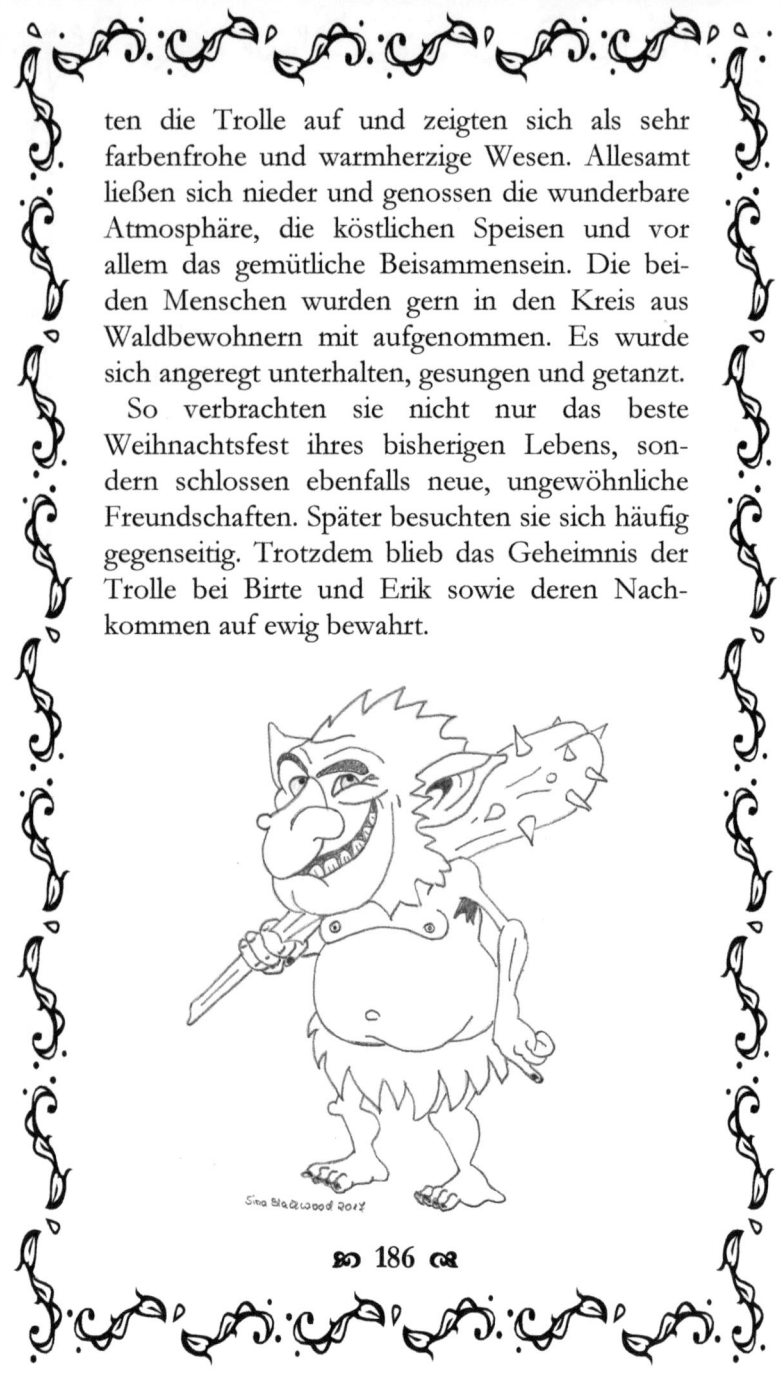

Susanne Weinsanto

Saskia haut ab

Saskia fühlte sich nicht wohl. Es war Oktober, die Tage wurden kürzer, es wurde immer kälter, und als ob das nicht schon schlimm genug wäre, war es auch noch das erste Jahr ohne ihre Eltern.

Sie musste oft daran denken, wie sie nach dem schweren Unfall auf der Autobahn zu den Sanitätern gegangen war und sie sehr schnell wusste, dass ihre Eltern diesen Unfall nicht überleben würden. Sie selbst hatte großes Glück gehabt. Sie hatte gerade mit ihrem Lieblingsstoffhasen gekuschelt und dieser wirkte wie ein Stoßdämpfer. Daher hatte Saskia nur ein paar Prellungen.

Doch wie sollte es weitergehen? Zwar war sie mit ihren zehn Jahren durchaus in der Lage, auch mal einige Zeit alleine zu verbringen, aber ganz alleine leben? Nein, das wollte und das konnte sie nicht. Immer wieder nahm sie ihren Stoffhasen und heulte sich die Augen aus. Wie sollte es nur weiter gehen? Ohne ihre so liebe Mama, ihren so lieben Papa? Und ihr kleiner zweijähriger Bruder hatte den Unfall auch nicht überlebt.

Saskia war so traurig, dass sie sich sogar Gedanken darüber machte, ob es nicht besser gewesen wäre, wenn auch sie gestorben wäre.

Als der Unfall in der Zeitung zu lesen war, nahm ein entfernter Verwandter Kontakt mit ihr auf. Saskia hoffte, dass dieser gut zu ihr sein würde, und sie diesen schrecklichen Unfall schon bald würde vergessen können. Doch daraus wurde nichts.

Eigentlich konnte sie den Verwandten nicht besonders leiden, nur blieb ihr jetzt wohl nichts anderes übrig. Bald schon zog sie bei Bernd ein, wie dieser Mann hieß. Bernd und seine Frau Bernadette hatten selbst zwei Kinder. Saskia hoffte, dass sie in den beiden Kindern, Charly und Jacqueline neue Freunde finden würde.

Leider wurde auch daraus nichts. Saskia wurde weder von Charly und Jacqueline noch von Bernd und seiner Frau akzeptiert. Wo immer es ging, wurde sie schikaniert. Sie musste ständig im Haushalt helfen, während Charly und Jacqueline vor dem Fernseher saßen, die Füße hochlegten und einfach nur faulenzten. Saskia hielt es kaum aus. Doch was sollte sie tun? Davon laufen konnte sie nicht, denn sie wusste nicht, wo sie hätte hingehen sollen.

Jeden Tag wurde es schlimmer, und sie fühlte sich immer mehr wie Aschenputtel, nur dass Aschenputtel irgendwann ihren Prinzen fand. Sie hatte keine Hoffnung, dass sie ihren Prinzen finden würde. Wenn auch nur ein Staubkorn irgendwo zu sehen war, nachdem sie geputzt hatte, wurde sie von ihrem Stiefvater so sehr geprügelt, dass sie danach nicht mehr sitzen konnte. Und wenn es dann Essen gab, bekam sie nichts, da sie sich nicht hinsetzen konnte. Ihr Stiefvater sagte, dass sie erst etwas bekommen würde, wenn sie sich setzte. Und als sie einmal wieder traurig war, heulte und ihren Stoffhasen knuddelte, da nahm Bernd diesen und warf ihn ins Kaminfeuer ... Das zerriss Saskia fast das Herz, doch als Bernd sah, dass Saskia wieder anfing zu weinen, bekam sie die nächste Tracht Prügel.

Jeden Tag heulte sie und wenn ihre Stiefeltern das sahen, bekam sie auch wieder Schläge. Jeden Tag vermisste sie ihre Eltern mehr, doch sie wusste, diese würden nie mehr zurückkommen. Sie konnte sich allerdings auch nicht vorstellen, noch Jahre hier zu verbringen. Daher fasste sie einen Entschluss.

Eines Tages, als sie mit der Hausarbeit fertig war, hielt sie es nicht mehr aus, sie machte sie einen Spaziergang und hoffte darauf, dass ein Wunder geschehen würde. Doch das Einzige, was sie merkte, war, dass es immer kälter wurde. Sakia dachte sich: *Das passt ja, so kalt wie meine Pflegeeltern zu mir sind!* Sie lief und lief und sie merkte kaum, wie die Tage und die Nächte vergingen. Wenn Sie Hunger hatte, schaute sie, dass sie sich von irgendwelchen Früchten, die am Wegesrand wuchsen, ernährte.

Und wenn ihr jemand entgegen kam, was zum Glück nicht oft der Fall war, versteckte sie sich schnell. Schließlich konnte sie nie sicher sein, ob sie nicht doch jemand an ihre Stiefeltern verriet.. Aus lauter Verzweiflung merkte sie gar nicht, wie viele Tage und Nächte sie gelaufen war.

Plötzlich, als sie kurz davor war, zusammenzubrechen und ohnmächtig zu werden, sah sie, dass in wenigen Metern Entfernung eine schneebedeckte Landschaft anfing. Wenn sie es richtig erkannte, dann hüpften dort weiße Hasen und Schneemänner durch die Gegend.

Da sie sehr neugierig war, musste sie sich das unbedingt genauer ansehen. Langsam ging sie näher an die Grenze, wo die schneebedeckte Landschaft anfing und weil gerade weder ein Hase noch ein Schneemann zu sehen waren, nahm sie vorsichtig einen Fuß und stellte ihn in diesem Bereich auf den Schnee. Als sie merkte, dass nichts Schlimmes passierte, zog sie auch den anderen Fuß nach. Als sie mit beiden Beinen in der Schneelandschaft stand, geschah etwas Seltsames: Die Landschaft, aus der sie gekommen war, war plötzlich verschwunden.

Vorsichtig schaute sie sich um. Wo war sie hier? Wie sollte sie wieder zurückgehen?

Langsam lief sie weiter, als sie sah, wie sieben weiße Hasen, fast vor ihren Füssen saßen und sie anschauten. Diese waren so schneeweiß, dass sie sie fast nicht gesehen hätte.

Offensichtlich waren diese Hasen genauso neugierig wie sie. Saskia streckte vorsichtig eine Hand aus, um den Hasen klar zu machen, dass sie nicht Böses im Schilde führte. Erst waren die Hasen etwas skeptisch, doch der Größte unter ihnen, der wahrscheinlich der Anführer war, schnupperte an der Hand und sprach dann in

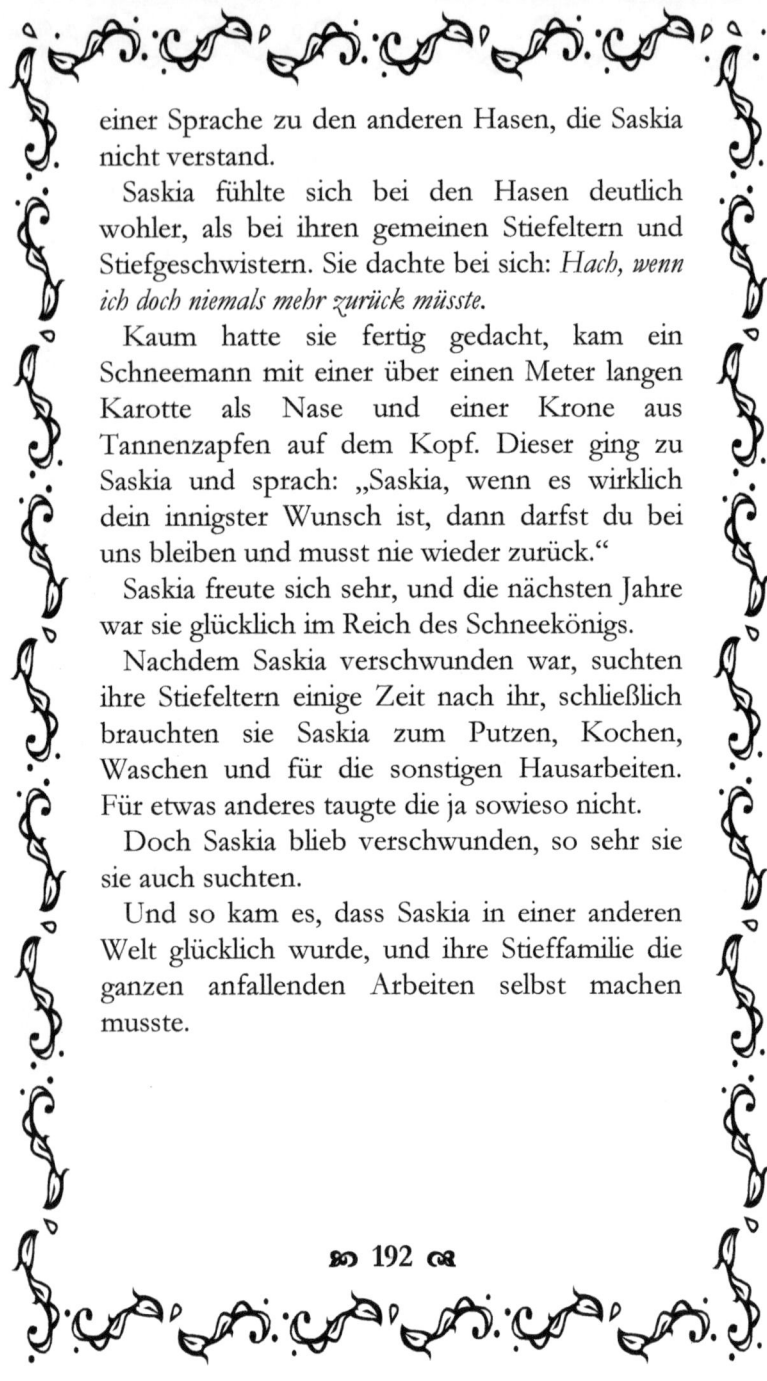

einer Sprache zu den anderen Hasen, die Saskia nicht verstand.

Saskia fühlte sich bei den Hasen deutlich wohler, als bei ihren gemeinen Stiefeltern und Stiefgeschwistern. Sie dachte bei sich: *Hach, wenn ich doch niemals mehr zurück müsste.*

Kaum hatte sie fertig gedacht, kam ein Schneemann mit einer über einen Meter langen Karotte als Nase und einer Krone aus Tannenzapfen auf dem Kopf. Dieser ging zu Saskia und sprach: „Saskia, wenn es wirklich dein innigster Wunsch ist, dann darfst du bei uns bleiben und musst nie wieder zurück."

Saskia freute sich sehr, und die nächsten Jahre war sie glücklich im Reich des Schneekönigs.

Nachdem Saskia verschwunden war, suchten ihre Stiefeltern einige Zeit nach ihr, schließlich brauchten sie Saskia zum Putzen, Kochen, Waschen und für die sonstigen Hausarbeiten. Für etwas anderes taugte die ja sowieso nicht.

Doch Saskia blieb verschwunden, so sehr sie sie auch suchten.

Und so kam es, dass Saskia in einer anderen Welt glücklich wurde, und ihre Stieffamilie die ganzen anfallenden Arbeiten selbst machen musste.

Vitae

Albrecht, Matthias

Matthias Albrecht wurde 1961 in Leipzig geboren. Ab 1978 als Bühnentechniker an den Städtischen Theatern Leipzigs beschäftigt, wechselte er 1983 zum Untersuchungshaftvollzug und wurde 1992 in das Beamtenverhältnis übernommen.

In seiner Freizeit widmete er sich unter anderem der Ölmalerei und stand dem Studentenfilmstudio einer Leipziger Universität eine Zeit lang als Kameramann und Schnitt-Techniker zur Verfügung.

Erst die politische Wende ermöglichte es ihm, der Leidenschaft, seinen Gedanken in prosaischer und belletristischer Form Ausdruck zu verleihen, nachgehen zu können, ohne das Damoklesschwert der Zensur fürchten zu müssen.

Matthias Albrecht ist Mitglied im Freien Deutschen Autorenverband (FDA) – Schutzverband Deutscher Schriftsteller e.V. – (Landesverband Sachsen)

Blackwood, Sina (bürg. Reni Dammrich)

1962 in Sebnitz geboren, verbrachte sie ihre frühe Kindheit inmitten der Natur. Das hat sie geprägt, spiegelt sich auch in ihren Werken wider. Durch den Umzug ihrer Familie nach Dresden entdeckte sie ihre Liebe zu Museen und Kunstsammlungen. Nach der EOS (heute Gymnasium) und der Lehre zur Wirtschaftskauffrau im Einzelhandel verschlug es sie für einige Jahre an die Ostsee. Inspiriert durch die Schönheit der Landschaft begann sie mit dem Schreiben – und hörte nicht mehr auf. Bis Januar 2017 veröffentlichte sie über 30 Bücher, sowie zahlreiche Kurzgeschichten in Anthologien und Online-Magazinen. Sie präsentiert ihre Bücher auf Messen und zieht seit 2015 mit ihrer „Kettenhemd"-Lese-Show durch die Lande. Seit dem Jahr 1996 lebt sie in Chemnitz. Sie ist Mitglied im Freien Deutschen Autorenverband und der Künstlervereinigung fundus artifex.

Fritzsche, Iris

Sie ist eine echt sächsische Pflanze, geboren 1954 in Löbau/Sachsen. Seit 1961 wohnhaft in Hoyerswerda. Ihre drei Kinder sind inzwischen alle erwachsen und selbst berufstätig.

Sie machte eine Ausbildung als Lehrerin, war aber aus gesundheitlichen Gründen nur kurzzeitig als solche tätig. Danach absolvierte sie eine Ausbildung zum Ökonom des Gesundheitswesens.

Nach der Wende war sie zeitweilig arbeitslos und ist 1996 letztendlich beim Taxifahren angekommen. Seit dem 01.08.2017 ist sie im wohlverdienten (Un-)Ruhestand.

Über den Zirkel von Waltraud Skoddow kam Iris zum Schreiben, nachdem sie zuvor nur der eigenen Familie ihre Geschichten vorgestellt hatte.

Seit 2008 veröffentlicht sie in unregelmäßigen Abständen Bücher.

Bereits seit 2011 ist sie Mitglied im FDA Sachsen.

Gimmel, Michael

Geboren 1953 in Dresden, verheiratet. Er arbeitete schon in verschiedensten Berufen als Elektromonteur, im Prüffeld für Großrechner, als Englischlehrer und schließlich als Software-entwickler.

Aufgewachsen in einem Haushalt voller Bücher, ist das Lesen seine Leidenschaft. Auf vielen Alpenreisen hat er seine Liebe zur Natur und den Bergen in kleineren und größeren Gedichten niedergeschrieben - zunächst ganz ohne Absicht einer Veröffentlichung - und in vielen Fotos festgehalten. Neben Büchern und Fotografie ist die Musik sein drittes Standbein.

In der Literatur kennt er sich bestens in der Science Fiction aus, ist aber schon seit seiner Kindheit Fan von Christian Morgenstern, Eugen Roth oder Ringelnatz. Neuerdings hat er Haruki Murakami für sich entdeckt. Für die Anthologien von Sina Blackwood entstanden auch die ersten Prosatexte.

Gerade hat er sein Berufsleben erfolgreich hinter sich gebracht und hofft nun endlich auf die Gelegenheit, seinen Interessen angemessene Zeit zu widmen.

Heidler, Jana

Geboren in Karl-Marx-Stadt (heute: Chemnitz), als Pädagogin tätig. Fantasie war für sie schon immer wichtig, und das Schreiben hatte bereits seit ihrer Kindheit eine immense Bedeutung, weshalb sie begann, vor allem Fantasy- und Horrorromane zu verfassen. Sie hat mehrere Romane veröffentlicht und an einigen Anthologien mitgewirkt. Außerdem ist sie ein Mitglied des Literarischen Kleeblatts (http://literarisches-kleeblatt.de/)

Alles zur Autorin: http://jana-heidler.de

Weinsanto, Susanne

Wurde 1966 in Karlsruhe geboren, lebt heute dort in der Umgebung und hat schon immer gerne Geschichten geschrieben. Allerdings fanden die Geschichten aus ihrer Kindheit nie den Weg in die Öffentlichkeit. Sie ist in vielfältigster Weise künstlerisch tätig.

Beispielsweise kam sie über den Umweg einer selbst moderierten und gestalteten Radiosendung in einem freien Radio in Karlsruhe zum Gesang. Parallel zum Gesang entwickelte sich das Interesse am eigenen Bühnen-Puppenspiel und für das Geschichten schreiben. Seit einiger Zeit macht sie bei den Ausschreibungen für Anthologien bei verschiedenen Verlagen mit und nimmt Keyboardunterricht.

Zöllner, Jacqueline

Wenn es keine Fantasie gäbe, wäre sie nicht die, die sie heute ist.

Jacqueline Zöllner wurde 1996 in Chemnitz geboren und war schon in ihrer Kindheit sehr kreativ. Ihre Liebe zum Schreiben entwickelte sich aus einem Traum, aus dem auch ihre erste Geschichte entstand.

Zurzeit macht sie eine Ausbildung zur Fachinformatikerin. Nebenbei schreibt sie hauptsächlich Fantasy- und Tiergeschichten, ist aber auch offen für andere Genres.

Zwei ihrer Geschichten sind bereits in einer Anthologie veröffentlicht.